— 長編官能小説 —

艶めき商店街

<新装版>

北條拓人

竹書房ラブロマン文庫

目次

序章

1

どんよりとした鈍色《にびいろ》の空は、今にも雨を降らせそうだ。そればかりか、この冷え込みなら夜更《よふ》けには雪になっても不思議はない。

「早いところ帰らないと、やばいかも……」

木本健作《きもとけんさく》は、スクーターの荷台のカゴに、お得意さまから引き受けた洗濯物を放り入れ、サドルに跨《また》がった。昨今では、シートと呼ばれることが多いようだが、健作はスクーターにはサドルの方が似合うと思っている。

「でも、やっぱ、早苗《さなえ》さんのところに寄ると時間かかるよな」

もう一度空を見上げながら、その顔をにへらっとだらしなく崩した。

スロットルを一気に開いたのも、雨を心配したからばかりではない。綾瀬《あやせ》早苗の美貌《びぼう》が脳裏にちらつき、気が急《せ》いたのだ。

「待っててねぇ、早苗さ〜ん」

妙な節に乗せてひとっ走りすると、もうそこには通いなれたマンションが鈍色の雲を突くようにででんと鎮座ましましている。

オートロックのパネルに、早苗の部屋番号を入力するのももどかしい。

「ちわ〜っす、河野《こうの》クリーニング店で〜す」

カチャッとインターフォンに相手が出るが早いか、健作はお決まりのフレーズを謳《うた》った。

竜神《りゅうじん》商店街の『河野クリーニング店』に住み込みで働きはじめて三か月。いつのまにか独特のリズムと節回しが板に付いている。

「は〜い」

後ろにいくつものハートマークが連なるようなネコナデ声がスピーカーから流れ、ガラスドアが開いた。

健作は目的の階に上がり、今度は玄関前についたインターフォンを鳴らす。

「は〜い」

再びの甘い声が中から響いた。

健作を待ちわびていた早苗は、ドアの前で待機していたらしい。

「まいどさまで〜す。河野クリーニング店で〜す」

お得意様の多くが、このマンションのようなセキュリティシステムを設置しているため、同じような挨拶を二度続けるはめになる。それでも、まるっきり同じフレーズだと、あまりに間が抜けている感じがして、健作は微妙にバリエーションを持たせているのだ。

遊びたい盛りである大学生の健作が、地味なクリーニング店で、住み込みまでして働いているのには理由がある。この店を祖父とともに切り盛りしていた祖母が、病気で入院を余儀なくされたためだ。人手不足となった店を手伝うように、との母からのお達しだった。

(じいちゃん、ばあちゃんのためだから、仕方ないさ……。それにおいしい役得もあるのだし……)

『洗濯屋の健ちゃん』はモテると、親父をはじめ一定以上の年齢の男たちがニヤニヤしながら言っているのを話半分に聞いていたが、それは噂以上だったのだ。

「ああん、健ちゃん、遅かったじゃない……」

整った顔立ちが、ひょいと突き出されたかと思うと、健作の腕を取り、玄関の内側へと招き入れてくれる。

（ああ、早苗さん、今日もきれいだ……。それになんてよい匂い……）

フルーティなフレグランスと、熟女らしい甘い体臭が絶妙にブレンドされた匂いは、すでに媚薬としか言いようがない。

飛びきりの美貌は、甘い顔立ちの中にも、しっとりとした大人の色気を纏《まと》っている。卵形の小顔の中、赤く印象的な唇が艶冶《えんや》に微笑み、白い歯を覗《のぞ》かせていた。小さな鼻をヒクつかせているのは、健作の牡臭に触発されたものか。くっきりとした二重瞼《ふたえまぶた》と切れ長の眼の中心で、漆黒の瞳がしっとりと濡れたようにキラキラと輝いていた。

「もうっ！　こんなに待たせるなんてっ！」

タイル張りの三和土《たたき》に立つ健作の足元、玄関框《がまち》の縁《ふち》に早苗が跪《ひざまず》き、もどかしいとばかりにズボンを引きずり降ろしにかかる。

あっという間にパンツまでずり降ろすと、剝《む》き出しになった陰部をいきなり咥《くわ》えるのだ。

早苗は、見かけは気品漂うセレブ妻なのに、その中身はチャーミングなまでに明るい、肉食系のお姉さんだった。

「うわあああ、早苗さ～ん！」

健作が期待していた以上のご奉仕。色っぽい人妻の即尺《そくしゃく》に、若い肉棒は一気に硬さを増していく。

細い指を肉竿の付け根あたりに添え、ピンクの舌をチロチロと蠢《うごめ》かせ、亀頭部をおいしそうに舐める早苗。むふん、はふんと小鼻を鳴らしているのが、愛らしくも艶《つや》っぽい。

「さ、早苗さん。き、気持ちよすぎです～!!」

押し寄せる快感に健作は目を白黒させて喘《あえ》ぎ、人妻らしい落ち着いた髪色の中に手指を挿《さ》し入れて、やわらかく頭皮を掻き毟《むし》った。

「いいのよ健ちゃん。いっぱい気持ちよくなってくれて」

媚《こび》を含んだ瞳をうるうるさせながらの艶めいた上目遣《うわめづか》い。口淫がおろそかになった分、繊細な指が勃起にまとわり付き、ぐちゅっぶちゅっとスライドさせている。

「だって、早苗さんのいやらしいご奉仕……。俺、すぐにでもイッちゃいそうです」

十五も年下の恋人を悦《よろこ》ばせることがいかにもうれしいとばかりに、早苗の愛撫は熱を増していく。

「ふむん、だって、健ちゃんのおち×ちん、硬くて、熱くて……。ちょっと酸《す》っぱいけど、おいしい……っ」

玄関先でふしだらなことをしている自覚からか、頬を赤く染めながら、甲斐甲斐《かいがい》しく裏筋まで舐め清めてくれる。

「こ、こんなに美人の早苗さんに、フェラしてもらえるなんて最高です！」

なぜだか健作は、彼女から気に入られていた。

早苗はもともとは、河野クリーニング店のお得様の人妻だ。もちろん、男女の仲になったのは健作がこの商店街に来てからだが、顔見知りになってすぐに彼女は健作を誘惑してきて、深い関係になった

健作としても、とてもアラフォーには見えない早苗の美しさに、まるでミツバチが妖《あや》しい花に引き寄せられる如く、夢中になっていた。

「ああ、どうしよう。私もう我慢できない。ねえ健ちゃん、欲しいっ！」

「ここで？　このままするの？」

性急に求められ、さすがに戸惑いながらも、健作は早苗の胸元をまさぐりはじめた。

けれど、ニットのカーディガン越しでは、Dカップの乳房も物足りない。

「だって、すぐ欲しいのぉ……。健ちゃん、週に一回しか来てくれないからぁ」

健作の欲求を察したのか、早苗は肉棒を丁寧《ていねい》にしゃぶりながらボタンを外し、オフホワイトのカーディガンを脱ぎ捨ててくれた。さらには、その下のブラウスのボタンも外して、健作が大好きな乳房を弄《もてあそ》びやすいようにしてくれる。

現《い》れ出でたのは、大き過ぎず小さ過ぎずの美しいフォルム。乳白色の美肌に包まれた乳房は、その頂点を薄紫に染めている。

「早苗さん、ノーブラなんですね」

それもまた、健作を待ちわびてのことなのだろう。

迷いもなく健作は、魅惑の膨《ふく》らみへと手を伸ばした。

まるであつらえたかのように、掌《てのひら》にすっぽりと収まる膨らみを揉《も》み絞ると「はうん」と人妻は切なく啼《な》いた。

「ああ、早苗さんのおっぱい、大好きだぁ！」

吐息にも似た感嘆の声を上げながら、やわらかな乳房をさらに揉み上げる。熟しきった膨らみが、指の間からむにゅにゅっとひり出された。

「ふ、ふあああ……。んふううっ、は、はううううっ！」

一揉みするごとに朱唇がほつれ、その啼き声にねっとりとした湿り気が増してくる。

二人の性欲が、一気にいや増した。

正座していた早苗の腰が持ち上がり、悩ましく左右に揺れている。官能を漏らしていた唇が、再び勃起を咥え直し、今度は喉奥にまで切っ先を呑み込んでくれた。

「あうっ！　ああ、こんな上品なお口なのに、どうして全部呑み込めるの？」

健作の疑問を置き去りに、熟女の手管《てくだ》が襲う。小顔が前後にスライドして、猛り狂う勃起が口粘膜に擦《こす》りつけられるのだ。

「ぐあああっ、さ、早苗さん、ダメです。そんなにされたら俺、すぐに出ちゃう！」

情けなく呻《うめ》く健作に、早苗が勃起を吐きだした。

「ああん、だめよ、健ちゃんのことこんなに待っていたのに……。出すのなら私の中で……」

妖しい笑みを浮かべて早苗が立ち上がる。容《かたち》の良い乳房を自ら揉みしだきながら、もう一方の手で器用にベージュのスカートの裾からパンティを脱ぎ捨てた。

「早苗さん……」

健作は足首に纏わりつくジーンズとパンツを、履いていた靴ごと玄関の三和土に置き去りにして、魅惑の女体に歩を進めた。

2

「健ちゃ〜ん……」

セクシーに掠《かす》れる声と共に、吹き付けられる甘い息。

はだけた乳房がぶにゅんと胸板に擦り付けられ、持ち上げられた太ももでやわらかく肉塊を擦られる。

なめらかな太ももを先走り汁が穢《けが》してしまう。にもかかわらず、早苗はぐいぐいと押し付けてくる。

背伸びをした熟妻が、健作の唇を求めていた。比較的、健作が長身のため、彼女はほとんど爪先立ちで、首筋にぶら下がるような格好だ。

「むふん、健ちゃん……」

官能的な唇が健作の同じ器官を熱く塞《ふさ》ぐ。舌と舌で互いの口腔内を行き来するうち、膨《ふく》れ上がったペニスがすぐにでも爆発しそうになってくる。

「早苗さん……お、俺……」

早苗の口腔の中で呻くと、朱唇がゆっくりと遠ざかり、またしても艶冶に微笑んだ。

「うふふ、判ってる。もう、欲しくてたまらないってくらい、硬くなっているものね……」

擦りつけていた太ももで状態を察した早苗が、しなやかに女体をひらめかせ、壁に手をついて、お尻をグイッと突き出してくる。

「来て……っ！　健ちゃんを待ちわびて、おま×こ疼《うず》いてるの」

昂《たか》ぶった声は、立ちバックで交わりたいと震えていた。

「このまま挿入したら、俺すぐに果ててしまいますから……」

タイトスカートが腰の上まで持ち上がった剝き出しの下半身に向き合うように、健作はその場にひざまずいた。

「え、ああん、それでもいいから来て欲しいのに……あ、ああん……」

艶《なま》めかしくくねる腰を両手で捉《とら》える。濃密なヘアが逆三角形にきれいに整えられているのは、身だしなみ以上に健作に見られることを意識してのことだろう。

その下でぱっくりと覗くクレヴァスからは、先走り汁のように愛蜜がねっとりと滴《した》り落ちている。

「でも、ちょっとだけでも早苗さんを気持ちよくさせたい。それにこのお尻を見せつけられたら、俺たまりません！」

どちらかと言えば、健作は自他ともに認める〝おっぱい星人〟だ。そんな健作であっても、早苗のお尻には抗《あらが》いがたい魅力がある。

熟肉の付いた豊満な下半身は、文句なしにド迫力。けれど、肥え太っているわけではなく、たわわに実らせている印象だ。

健作が手を添えると、ぷりんとした悩ましい尻たぶが怖気《おじけ》づくようにビクンと震えた。むちむちの太ももまでが、ふるんと波打つ。

いつも大人のおんなを見せつけようとする早苗だったが、それとは裏腹に恥ずかしがり屋な一面も持ち合わせている。

その複雑な女心が、早苗の魅力にもなっていた。

「早苗さんのおま×こ、食べちゃいますね！」

言うなり健作は、人妻の股間に顔を埋めた。

「あっ、ダメよっ、そんな……私、ぐしょぐしょに濡れているのに……」

戸惑う早苗をよそに、両手で太ももを押し分け突き出した口を花園にあてがう。伸ばした舌でクレヴァスをぞぞぞぞっと舐め上げた。

「あはあああああっ」

途端に悩ましい艶声を上げる人妻。喜悦に力を失った膝が、がくがくと笑った。

蜜にまみれた粘膜をずずとなぞり、肉の合わせ目まで舌先を運ぶ。こりっとした肉蕾《にくつぼみ》の感触を含み直し、レロレロと舌を躍らせた。

「あふんっ、あ、ああ……そ、そこ、感じちゃうぅ……」

快感に痺れた女体が、ぶるるっと震えた。

よほど健作を焦《こ》がれていたのだろう。早苗はあっけないほど早々に達して、よがり啼きながら腰をヒクつかせるのだ。

薄紫の菊座がムズムズと開いては閉じる。

「あああっ、健ちゃんのいやらしい視線を感じるだけでも、気持よくなってしまうのに、いきなり舐められちゃうなんて。早苗、もうイッてしまったわ……」

興奮しきった表情で息を弾《はず》ませながら、早苗がいきり勃《た》ったペニスを見やった。

「ねえお願い、健ちゃんのおち×ちんちょうだい……早苗のおま×こに挿《い》入れてぇ」

はしたない淫語を啼き漏らしながら、魅惑の尻たぶが左右に振られる。

エロフェロモンをこれでもかとばかりに振りまく早苗に、健作は興奮と欲情を煽《あお》られ、矢も盾もたまらずに立ち上がった。

「俺も、早苗さんに挿《い》入れたい！」

早くしてとばかりに、またしてもクナクナと蜂腰が揺すられる。

その双尻に手をあてがうと、太ももがびくんと震えた。どれほど熟女であっても、どんなに妖艶な挑発を繰り返していても、やはり早苗は手弱女《たおやめ》なのだ。

「ああっ……やっぱり早苗さんのお尻……」

蕩《とろ》けそうな美尻の手ざわりに、健作は思わず吐息をついた。

立派と口にすれば叱られるであろうが、そうとしか表現できない桃尻。年齢に負けることなく、奇跡的なまでにぎゅんと上向きの尻たぶ。すらりとしていながらも肉感的な美脚といい、この美臀《びじり》といい、早苗の下半身は眩《まばゆ》いばかりに美しい。

「なんて素晴らしいお尻……。俺、このお尻が大好きだ……」

声がうわずるのを禁じ得ない。それほどまでに昂ぶっていた。

「ああん、お尻だけなのぉ？」

大人のおんなが甘えると、どうしてこんなにセクシーなのだろう。

「ごめんなさい。訂正します。俺、早苗さんのおま×こも好きです」

いやらしくニヤケながら、健作は勃起したまま収まらない肉塊を、新鮮なサーモンピンクのクレヴァスにあてがった。

「やだぁ、健ちゃんのすけべぇ……あ、ふああ、熱いのが早苗の中に挿入《はい》ってくるぅ！」

まとわりつく肉花びらを巻き添えに、亀頭部を淫裂に埋め込んだ。

ひどくぬかるんだ女陰は、大きな肉塊の存在感に、うねうねと蠕動《ぜんどう》をはじめた。健作が腰部を押し付けなくとも、ズズズッと肉幹が呑み込まれる感覚だ。

「……つく……は、挿入《はい》ってくる……あはんっ……健ちゃんが、胎内にぃ……」

柔襞《やわひだ》が、咥え込んだ肉幹を締め付けてはくすぐってくる。熟女らしいまったり感と、締まりのよさが交錯する名器なのだ。

「ああ、やっぱり健ちゃん大きい……。おち×ちんで、拡がっちゃうぅっ」

まとわりつく膣胴を切り開く感覚。肉襞に擦れる度《たび》、ぞわぞわっと甘い官能が背筋を駆け上がる。押し開かれていく早苗には、もっと強い刺激だろう。勃起肉を奥へ奥へと受け入れながら、ふるふると艶臀が震えている。

ぢゅずずず、ぶぶちゅりゅっ、ずるゅるるるっ——。

沸き上がる快感をたっぷり味わいながら、肉竿を全て埋め込んだ。恥骨がマシュマロ尻にぶつかると、ぐいっと腰を跳ねさせ、根元や裏筋まで擦り付ける。

「あああん、腰が痺れて、お尻が震えちゃうぅ……熔ける……ああっ、熔けちゃうぅ……」

複雑な起伏と蕩ける滑らかさが、凄まじいまでの具合のよさを実現している。

その絶妙な感触に、健作は歓びに打ち震えた。そこには、受け入れられた安心感と自分を待ちわびてくれている精神的充足感がある。同時に、これほど歓びを感じてくれる早苗に、男の矜持《きょうじ》が満たされた。

「ああん、だめぇっ、気持ちよすぎちゃう……苦しいくらいおっきいのに……ただ入れられているだけなのに……こんなに感じちゃうのぉっ……」

わなわなと背筋を震わせ、早苗が初期絶頂を迎えた。鮮烈な喜悦に、ほっこりとした美尻が鳥肌を立ててぶるぶる震えている。

しかし、健作とて強烈な快感は一緒だった。際《きわ》どく射精を免《まぬが》れているが、すでに頭の中では、色鮮やかな花火が何発も打ち上げられていた。

「ううっ、早苗さんのおま×こ、気持ちよすぎ……」

たまらず健作は前のめりに体を折り、白いうなじに吸いついた。首筋から耳朶《みみたぶ》を愛《いと》しげに舐めしゃぶる。わずかに赤味の差したセミロングの髪が、健作の鼻や頬を繊細にくすぐった。

腕を女体の前に回し、紡錘形《ぼうすいけい》に垂れ下がった乳房をすくい取り、二度三度と揉みたてた。

「ああ、おっぱいが掌に吸い付くっ！」

うそ寒い玄関でも、早苗の肌は汗ばんでいる。健作は大きく開いた掌を乳肌の根元にあてがい、貴重な果実を搾るような手つきで、乳首の先までしごいた。熟しきった乳肉がいびつに変形する。

「こんなにやわらかいのにハリがあって。乳首もコリコリですね」

勃起した乳首をやさしくつまみ取ると、こよりを結ぶようにひねってやる。

「あぁぁ、ダメぇ……乳首弱いの知っているでしょう？　ダメよぉっ、そんなに擦らないでぇ」

壁についた手から力が抜け、ぐぐっと上体が沈み込む。その分だけ、お尻を後方に突き出す格好となり、結合の度合いが一段と増した。

「あううっ、気持ちいい。ねえ、健ちゃんがもっと欲しいっ！　お願いだから動かして！」

可愛らしくも卑猥《ひわい》におねだりする早苗。振り向いた頬を羞恥に染めているが、その恥じらいさえもがすでに快美なようだ。

「わかりました。だけど多分、俺、射精《で》ちゃいますよ。いいんですね？」

「いいわよ。早苗も欲しいっ。健ちゃんの精子、おま×こに射精《だ》して」

「判りました。それじゃあ、いっぱい激しく突いて、おま×こに射精《だ》します。一滴残らず子宮で呑んでください」

健作は、早苗の太ももの付け根に両手をあてがい、そのままぐいっと引きつけた。最奥に埋め込んだ勃起を、そこからさらにズンと押し入れたのだ。

「はううう〜〜っ！」

人妻が、美貌をはしたなく歪《ゆが》め甲高《かんだか》く啼いた。

最奥まで串刺しにされ、またしてもアクメを迎えたらしい。

きゅんとペニス全体を締め付けられ、健作も凄まじい快感を覚える。燃え盛る欲情に突き動かされ、じゅぶぶぶと勢いよく抜き取ると、その喪失感に「んあああっ」と早苗が淫声を上げた。

「ううぅっ、バック好きぃ……。いつもと違う場所を抉《えぐ》られるのが、たまらないわ」

女体がくねくねと身悶える。ストレートヘアが、おどろに振りたてられ、これがあの上品なセレブ妻かと見紛《みまが》うまでに乱れるのだ。

凄まじい痴態に見惚《みと》れながら、健作は立て続けに律動《りつどう》を見舞う。

「ひうんっ……お、奥にずーんって……イクぅ!! あはんっ……んおおぉ……」

尻たぶの反発を利用して、ずぶずぶと引き抜き、抜け落ちるギリギリから力強く押し込む。

抜き挿しのたび、イキまくる早苗に魅せられ、健作は腰を前後させた。

律動するごとに膨らみゆく自身の快感。押し寄せる愉悦は、次々とやるせない射精衝動に変換されていく。

「ああ射精《で》る……もうイクっ!!」

豊満な尻たぶに、腰部ごとぶつける。直線的な打ち込みが、玄関にパンパンと鳴り響いた。

「あうっ、はぅうっ。早苗もイクぅっ、お、大きいのがっ! イッ……ク!!」

白い背筋が浮き上がり、ぎゅんと大きくエビ反《ぞ》った。健作も結合していた肛門の戒《いまし》めを緩め、溜めにためた欲望を解き放《と》つ。瞬間、最上級の悦楽が、ずどどっと全身を駆け抜けた。熱い迸《ほとばし》りが、鈴口《すずぐち》に向かって殺到する。

「ぐおおおおっ、射精《で》るっ……射精《で》るうううぅ!」

早苗の奥深くに切っ先を埋め込み、腰の動きをピタリと止めた。ぶわっと肉傘を膨れさせて、ボンッとつぶてを発射させた。

「うぐうううううっ、おおん、おおおおおっ!」

灼熱の精液が子宮口に付着すると、早苗の女体はぶるぶるっと痙攣《けいれん》した。

「熱うぃ……ああ、子宮いっぱいに射精《だ》したのね……」

膣襞一枚一枚にまとわり付き、胎内をじゅわっと灼《や》き尽くす精液。振り返った早苗は満足そうに微笑んだ。

女体をびくんびくんと波打たせ、絶頂の余波に身を浸している。

全身に力が入らないのか、そのまま床に両膝をつきそうになる。

健作は、やさしく女体の向きを変えてやり、フローリングに着地させた。

「最高によかったです！　早苗さんは大丈夫ですか？」

おんなの満足を湛《たた》えた艶《つやつや》々の頬が縦に振られる。

潤んだ瞳、女陰からはトロトロと愛液と精液の混じった白濁を溢れさせ、快楽の余韻を味わっている。

放ったばかりの健作は、硬度を解いていない。心なしか出し足りないとも感じている。若さもあったが、仕事の続きが頭の片隅にあるので、どうしても気忙《きぜわ》しくなり、心ゆくまでの射精ができない。

「ああん、射精《だ》し足りないのね……」

それを察した早苗が、目の前のペニスをあんぐりと咥えた。射精した名残を、口唇で清掃してくれるのだ。

「むふん……あぁ……精子、相変わらず濃いのね……はふん……ねえ、今夜、うちにもう一度いらっしゃい。主人は、出張でいないから」

上目遣いで秋波《しゅうは》を送りながら、清掃愛撫に余念がない。しゃがんでいる彼女の股間から、健作の子種が滴り落ちてフローリングの床を濡らしている。

「いいんですか？　それじゃあ、早苗さんの色っぽい下着姿が見たいなあ……」

色っぽい表情で誘ってくれる早苗に、健作は犬が尻尾を振るように、首をぶんぶんと縦に振った。

第一章　美熟の商店街

1

店に帰り着いたのと同時に、ぽつりと落ちてきた雨滴が頬にあたった。そのあまりの冷たさに、健作はぶるりと背筋を震わせた。

「やっべえ……。もしかすると、本当に雪になるかも……」

鉛色の空をうらめしそうに見上げ、今晩、早苗のところにどうやって行こうかと考えた。

「スクーターで雪には太刀打《たちう》ちできないしなあ……」

独り言をつぶやくと、早苗の熟れた女体が脳裏をよぎった。

「そうだ、雪を口実に早苗さんのところに泊めてもらおう！」

ついさっき放出させてもらったばかりであるにもかかわらず、節操なくズボンの前を大きく膨らませている。

隅々まで舐め清めてくれたペニスに、名残惜しげにキスをくれた人妻の仕草を思い出し、にへらと笑った。

「健ちゃん……。ちょっと健ちゃん！」

だらしなく相好《そうごう》を崩していた健作に声がかかった。

ハッとして振り返ると、店先から手招きする老婦人がいた。

河野クリーニング店の斜向《はすむ》かいで菓子屋を営む、杵屋《きねや》の女将《おかみ》、お政《まさ》さんだった。

人好きのする笑顔は、上品であり、若いころはさぞ美人であったろうと思わせる。

歩み寄った健作は「こんにちは」と挨拶をした。

昔懐かしい風情の店先には、せんべいやジェリービーンズ、柿の種やみそパンといった駄菓子がいっぱいに並んでいる。時代に取り残された雰囲気はあったが、それが味となり結構人気のお店なのだ。

「はい、こんにちは。お得意さん回りかい？　偉いねえ」

子供の頃の一時期、この商店街の祖父母に預けられていたことがあり、竜神商店街には顔なじみが多い。特にこの店には、色々な意味でお世話になっている。だからこそ、いい大人になっても子ども扱いをされるが、決してそれは居心地の悪いものではない。

「やっと、仕事に慣れてきたところで……。お母さんも精が出ますねえ」

照れることなく普通に会話ができるようになったのも最近のことだ。躊躇《ためら》いもなく老婦人を、〝お母さん〟と呼べるのも修業のたまものかもしれない。

「ふふふ……。健ちゃんもほんと大人になったんだねえ。小さい頃のあんたしか知らないから……。ところで、どうだい、ふみちゃんの具合は？」

ふみちゃんとは健作の祖母のことで、お政さんと祖母は同じ商店街のお向かい同士、気の置けない仲であったと聞いている。

「はい。入院はちょっと長引きそうですが、お蔭様で容体はいいようです」

健作が年明けから店を手伝いはじめて、もう二月の半ばになっている。短くはない入院だが、順調に回復していることは嘘ではない。

「そうかい、そうかい。私も店があるから中々見舞いにも行けなくて……」

やさしい表情が、さらに和《やわ》らいだように見えた。お政さんが祖母のことを本当に気にかけてくれていることが、なんとなく健作にもうれしかった。

「見舞いなんて気にしないで。祖母が帰ったら、また仲よくしてくださいね」

気楽にそう口にした途端、彼女の表情が陰った。

「そうしたいのは山々なのだけど……実はうちもこの春までで閉めようかと思ってねえ……」

杵屋の看板を寂しげに見やるお政さんに、健作はきゅっと胸を締め付けられる思いがした。

「え、で、でもうちなんかと違って、杵屋さんは、確か今年で八十年にもなるんじゃあ……。もったいないですよ……」

老舗《しにせ》と呼ばれるまでに百年。そこまではいかないにしても、八十年の歴史と看板は十分以上に重い。

「うん。でもねえ、うちはお菓子屋と言っても、自前で作っているわけじゃないし、いまどき量《はか》り売りでお菓子を売る店はねえ……」

傍《はた》からは人気の店に見えても、その内情は苦しいのかもしれない。

昔ながらの菓子を細々と売るのでは、利益もたかが知れている。

自然素材が良いとか、食品添加物がどうのとか言う割に、子供に与えられる菓子は、スナックが主流なのも事実だ。まして、大型ショッピングモールが近くにできた関係で、竜神商店街そのものが寂れた影響もあるのだろう。

「娘から一緒に住まないかと言われててねえ。声がかかる内が華《はな》かなってさあ……」

あらためて商店街を見回すと、本来であればまだ夕飯の買い物時であるはずなのに、ほとんどの店がシャッターを降ろしている。

こうして歯の欠けた櫛《くし》のように店が減っていくと、ただでさえ不況で寂れた商店街が、よけい苦境に立たされていく。

「まあお店を閉めたら暇もできるさ……。そうそう健ちゃん、これ持って行きな。あんた、これ好きだったろう……」

手渡されたのは、かりんとうの袋だった。黒砂糖にハチミツ入りのとびきりに美味《うま》いやつを気前よく五袋も渡そうとしてくれるのだ。

「でも、これって商売物でしょう？」

「若い人が遠慮しないの。河野さんちにはよくしてもらったからね……。うちはほら、こういうの売るほどあるからさ……おや、やっぱり降ってきたねえ」

礼を言って店先を辞した健作は、スクーターに戻り、荷台のかごにかりんとう袋を詰め込んだ。そのかごを取り外し、もう一度振り返り、寂しい思いで雪の商店街を見渡した。

2

「もう、閉店かしら……」

店じまいをしている健作の背中に、申し訳なさそうに声がかかった。

祖父は祖母の様子を見に病院へ行っている。

「いえ、大丈夫ですよ。いらっしゃいま……せ……」

顔を上げると、声の主は綿部《わたべ》みわだった。

(うわっ、み、みわさん……)

網膜に結ばれた女性を見つめ、健作はごくりと生唾《なまつば》を呑んだ。

まるで後光が差しているかのようで、たじろいでしまいそうになる。

(すっげえ、きれいだよなあ……)

まさしく妙齢の美女としか形容できない女性なのだ。

彼女は、同じ竜神商店街のフラワーショップの経営者であり、健作にとっては、幼いころに遊んでもらったお姉さんでもある。

健作が五つくらいの頃、彼女は高校生くらいだったから、ひと回りほど年が離れている。つまり現在の彼女は、三十二、三のはずだが、とてもそうは見えない。

もちろん、あの頃とは、けた違いに成熟しているのであろうが、幼い頃の健作には高校生と大人の区別などついておらず、結果、彼女はまるでそのまま冷凍保存でもされたのかと思うほど、そのままの姿に映るのだ。

（ああ、みわさん、きれいすぎて惚れぼれしちゃうよぉ……）

丸くて大きな瞳は、星屑《ほしくず》を散りばめたようなきらきらとした輝き。すっとまっすぐな鼻梁《びりょう》に形の良い鼻腔《びこう》はどこかウサギを思わせる。やや薄めの唇は、それでも官能的に艶めいている。

ややしもぶくれ気味の頬に対し顎が小さいあたりが、彼女を若々しく見せる所以《ゆえん》なのかもしれない。

あくまでも控えめなメイクは、自らの美を自覚したものであり、媚などというものは一切排されている。

後ろでまとめた髪をお団子にした髪型は、いかにも仕事のできる女性といった印象を強める一方、その白い首筋などから清楚《せいそ》でありながらしっとりとした色気を漂わせていた。

（清楚で、控えめで、それでいて凛《りん》としていて……。なのに、すごく色っぽい……）

色気で言うならタイトスカートからスラリと伸びる脚も負けていない。見えているのは、パンスト越しのふくらはぎ程度なのに、ムッチリしていてたまらない色香を発散している。

そして、どこよりも健作を魅了してやまないのは、その大きな胸元だった。紺色のカーディガンをド派手なメリハリで持ち上げていて、目のやり場にも困るほどだ。

あのころの面影を残しながらも成熟したみわは、現在は未亡人として店を切り盛りしていた。

「健作くん？　私の顔に何かついてる？」

ぼーっと見惚れる健作に、甘い顔立ちが、やわらかく首をかしげた。

やさしく囁《ささや》くようなシルキーヴォイスは、甘美で危険な媚薬のようだ。

「え、あ、いやその……。みわさん、相変わらずきれいだから、つい……」

健作には、思ったことをストレートに口にする癖がある。そのバカ正直なセリフに、自分で慌ててしまうこともしょっちゅうだ。ならばもう少し、思慮深く口を開くべきなのだが、根っからのおっちょこちょいが、それを邪魔してしまう。

けれど、年上の女性には、そのあたりが憎めないと受け取られることも多い。健作の幼い頃を知っているみわも、好意的に見てくれている分、そんな言葉を大人の余裕で受け止めてくれた。

「あら、健作くん、お上手……。うふふ、でも若い男の子からそう言われると、やっぱりうれしいわ……」

うっすらと頬を赤らめながらも、やわらかく微笑んでくれるみわ。そのまっすぐな眼差《まなざ》しにどぎまぎしながら健作は、カウンターに置かれた洗濯物をチェックしはじめた。

「エプロンが二枚と、セーターにカットソー……。えーと、パンツには、ああそうか、男物と違うから線なんて必要ないのか……」

ぶつぶつ言いながら、レジを打ち込んでいく健作を、やさしい眼差しがずっと見つめている。その視線が意識されて、ようやく慣れたレジ打ちもぎこちないものになってしまう。

「だいぶ、お仕事に慣れたみたいね。えらい、えらい」

先ほどの向かいのお政さんと違い、みわに子ども扱いされるのは、ちょっぴり不満がある。彼女は幼いころに淡い恋心を抱いた女性であり、少しでもいいところを見てもらいたい相手でもあるだけに、なおさらだった。

にもかかわらず、預かり証とお釣りを渡す時、みわの手に指先が触れただけで、どうしようもなく心臓がどきどきしてしまった。

「あ、ありがとうございました」

立ち去る背中にかけたお礼の声も、おかしなイントネーションになっていた。

「ふーっ」

みわの姿が見えなくなったころ、ようやく大きく息をつくことができた。

途端に、頬がゆるみ、目元がだらしなく下がってくる。

「みわさん。やばいくらいきれいだぁ……。お花屋さんってのも、あの人にぴったりだよなあ」

みわの仕事着であるはずのエプロンをたたみながら、彼女が仕事をする姿を思い浮かべる。

気品あふれる未亡人の美しさは、色鮮やかな花に勝るとも劣らない。

「みわさぁ～～ん！」

昂ぶる健作は、みわが預けていったカットソーに、むぎゅっと顔を押し付けた。

彼女の体臭の移り香が、ふわんと鼻をくすぐる。てろてろのニット素材が、そのまま未亡人のやわらかさのように感じられ、恐ろしいまでの興奮に包まれる。

「こら変態！」

いつの間に現れたのか、店先に一人の女性が立っていた。

あまりに驚いたため、健作はみわのカットソーに顔を押し付けたままで固まった。

「そんなことをしていると、お店の信用を失うぞ」

みわが戻ってきたのかと焦ったが、そうではない。同じ竜神商店街で電器店を営む『氷川《ひかわ》デンキ』の氷川瑠璃子《るりこ》だった。

「あ、うあああああっ！」

恐慌をきたした健作は、何をどう対処していいのか判らない。口から出る言葉も、まるで輪郭《りんかく》を成さなかった。

「ほらほら、そんなに慌てなくていいから……。秘密にしておいてあげるから……」

健作のあまりの慌てっぷりに、瑠璃子はクスクスと笑いだしている。

「る、瑠璃ちゃん、ごめんなさい。ごめんなさい。すみませんでした」

「懲《こ》りたのなら、もういいから。ほんと、信用なくすと大変だよ……」

口調は論《さと》すものであるものの、その目はやさしく笑っている。

氷川デンキの看板娘、竜神小町の呼び声が高く、小柄ながら溌剌《はつらつ》とした女性だ。

健作より三つ年上で、子供のころ一緒に遊んだいわゆる幼馴染《おさななじみ》で、その気安さから未だ「瑠璃ちゃん」と呼んでいる。

「る、瑠璃ちゃん……」

ようやく落ち着いてきた健作は、バツの悪いところを見られたと思いながらも、クリーニングの預かり証を差し出す瑠璃子に、恐る恐る手を伸ばした。

みわ同様に、瑠璃子も美しさでは引けを取らないが、印象としてはカワイイ系に分類される。それもとびきりの可愛さで、アイドルとしてスカウトされたことも一度や二度ではないらしい。

三角気味の大きな眼は、くっきりとした黒目が印象的で、好奇心旺盛の彼女をそのまま表しているかのよう。

さほど高くはない小さめの鼻は、かえってすっきりとした印象を与える。

薄めながらもぽってりとした唇は、口角が愛らしく持ち上がり、いわゆるアヒル口。時折きらりと覗かせる八重歯がチャーミングだ。

それらのパーツが、小顔の中に絶妙のバランスで配置されている。

溌剌としたオーラに包まれているのは、その明るい笑顔のお蔭で、まるでヒマワリが微笑むようだ。

「見苦しいところをお見せしました……」

がっくりと意気消沈して、クリーニングの仕上がり品を手渡す健作。そんな彼に、全てを浄化するような慈愛の籠った笑顔が向けられた。

「もういいよ、私はもう忘れたよ。ほら元気を出す！」

なめらかな頬がにっこりとして、やわらかそうな朱唇の間から八重歯が零《こぼ》れている。それだけで、健作は勇気づけられると共に、みわに抱いた切ない想いもどこへやら、節操なく胸がときめいた。

（この商店街って、びっくりするほど美人が多いよなあ……。みわさんや瑠璃ちゃんの他にも……みんなのためにもこの商店街を活性化できないかなあ……）

漠然とした思いが芽生え始めた健作だが、その一方で、未熟さも自覚している。

「でも、そんな簡単じゃないよなあ……」

瑠璃子の背中を見送りがてら、ようやく店を閉める健作だった。

3

わが身の無力さを痛感しつつも、健作はその夜、早苗のところに向かった。

若者らしい性的欲求もあったが、彼女に慰めて欲しいような、甘えたいような気持ちもあった。

「どうしたの健ちゃん……。何かあった？　お姉さんに話してごらん」

美味そうな料理を並べ待っていてくれた早苗は、食卓テーブルの椅子に座る健作の太ももの上に跨ってきた。

「早苗さ～ん！」

早苗はリクエスト通り、私も食べてとばかりに色っぽい下着に身を包んでいる。むちむちの太ももが、むにゅっと健作のもも肉を悩ましく擦るのだ。

首筋に回された二の腕に引き寄せられ、朱唇に導かれる。

ローズレッドの口紅を刷《は》いたそこは、グミのようにやわらかい。

「はむん……ほおおっ……早苗さんの唇、美味《おい》しい……だけど……むふううっ……こんなに熱い口づけ……ほむむっ……話ができません……」

「そうね……むふん……でも、健ちゃん……おち×ちん硬くなってきた……健ちゃんはそうでなくちゃ……はふん……私のおっぱい触ってるし……」

健作はネイビーブルーのキャミソールの下、ふるふると揺れている乳房に掌をかぶせ、やわらかく揉み潰している。むにゅんと優しく絞るたび、朱唇から生暖かい吐息が、健作の口腔に吹き込まれる。

「だって、早苗さんのおっぱい……むほううっ……好きすぎて俺っ」

「ああん、いいの……もっと触って……健ちゃんがそれで元気になれるなら、早苗のおっぱい好きにしていいのよ」

シルク地のキャミソールは、そのまま素肌を連想させてくれる。その滑らかさでおっぱいを磨くように擦りつけると、頂点で蕾がしこりはじめた。やがて、それと判るほどコリコリになった乳首を、やさしく指先でつまみ取り、またしてもシルク生地でやさしく磨くのだ。

「はうん、あ、あはあぁ……あ、ああん……」

唇を割りチロリと覗くピンクの舌を、健作は逃さない。窄《すぼ》めた唇で捕まえ、まるでフェラチオでも施すように、朱舌を刺激した。

「あふうん……ふはあ……あん、あぁん……」

大きく膨らんだズボンの前部を、跨る股間の中心部に押し付ける。

人妻のオメコ筋めがけ、硬くなった部分を擦りつけるのだ。

肉土手の弾力とやわらかさは、なんとなくわかる気がしたが、ズボンの上からではやはり物足りない。けれど、その焦《じ》れるような感覚が、興奮を煽ることも確かだった。

「ああん、そんないけない悪戯《いたずら》……。早苗も擦りつけたくなるぅ……」

ちゅちゅっと、啄《ついば》むように唇を重ねながら、艶腰がくねくねと前後して肉柱になぞりつけてくる。早苗はなおも聞いてきた。

「ねえ、どうして元気がなかったのか教えて……。おち×ちんだけが元気になるのもどうかと思うし……」

硬いテントに白魚《しらうお》のような手指を添え、やわらかく揉みながら人妻は艶冶に笑った。

「あうっ……そう言う割には、早苗さんのおててには、エッチです……」

「うふふ、いいから、ほら、何があったの？」

甘く促され、健作は竜神商店街の置かれている厳しい現実を説明し、なんとか活性化させたいと思っていることも話した。

「杵屋さんのお政さんにも、もっと店を続けて欲しいし……。俺が子供のころに感じていた活気溢れる商店街を、たくさんのお客さんにも体感してほしいんだ!!」

若者らしく熱く夢を語る健作のおでこに、早苗の唇がやさしく押し付けられた。

「いいなあ。夢を語る男の子って。お姉さん、子宮がきゅんと疼《うず》いちゃう……」

首筋に戻ってきた二の腕に、むぎゅっと抱き寄せられる。甘い体臭に刺激され、勃起硬度がさらに増した。

「でもさあ、俺に何ができるのか……。寂れた商店街を再生するなんてさ……」

健作は肉感的な女体をぎゅっと抱き締めた。

「そうねえ、きっと難しいことだろうけど、まずは、健ちゃんにできることを精いっぱいやればいいんじゃない？」

「俺にできること……？」

「そう。まずは、アイディアよね。商店街をどうしたらみんなが利用してくれるかを考えるの……。いわゆるマーケティングも必要ね」

色っぽく潤ませていた早苗の瞳に、いつの間にか知性のきらめきが宿っていた。

「すっげえ、早苗さん、マーケティングなんて知っているんですか？」

健作とて経済学部の学生であるだけに、早苗の言わんとしていることは解る。けれど、彼女の口から経済用語を聞くとは思わなかった。

「あら主婦をバカにしたものじゃないわよ。株取引やFXなんかをやるのに、経済ニュースは必須だから、マーケティングくらいの単語は普通に耳にするわよ」

「えーっ、早苗さん、投資なんかやってるんだぁ！」

人妻の意外な一面に歓声を上げると、早苗はあいまいに「うふふ」と笑った。

「それよりも、どうなのかしら……。商店街にただ人を集めるだけじゃあ、長い目で見て活性化にはならないわよね」

「客寄せのイベントとかは、商店街の組合でも企画していましたね。昔ながらの福引とか、今どき流行《はや》りのご当地アイドルの結成とか……」

「うーん。そういうのって、主婦の側からするとメリットが小さいのよね」

思案顔の早苗のその言葉に、健作が反応した。

「その主婦の目線ってやつ！　早苗さんのような主婦にとって、商店街ってどうです？」

聞かれて、早苗が小首をかしげる。

「うーん。漠然とした質問ねえ。でもまあ、やっぱり不便かな……。スーパーだと一ヶ所で片付くことも、商店街だと何軒もお店を回らなくちゃでしょう？」

「でも、大型ショッピングモールなんかでも、複合店舗で何軒もの店を回るのは一緒でしょう。エスカレーターとかで移動できても、歩く距離はさほど変わらない。屋根が一つってくらいじゃないです？」

「ああ、そうねえ。そっか、その意味では、昔ながらの用がなくても地味に御用聞きが回ってくるのって、やっぱり便利だったのね。そこにヒントがあるかも……」

相変わらず健作の顔を、ちゅっと唇が啄んでいく。ペニスへの手淫も、甲斐甲斐しく続いている。

ズボン越しとはいえ、これだけ長い間勃起を弄ばれていて平気でいられるのも、頭だけが別のことにめまぐるしく働いているからだろう。

「健ちゃん、どうせクリーニングの集配でお得意様を回っているのだから、ついでに商店街の御用聞きをしてみたら？」

「御用聞きかあ……」

「そうよ。昔の酒屋さんや薬屋さんは、各家庭を回るのが普通だったわ。健ちゃんも小さなことから地道にやってみたら？　ついでだからと割り切って……」

商店街の酒屋は、時代の流れでコンビニへと変わり、それも過当競争にさらされて、いつの間にかシャッターを閉めている。

「健ちゃんが、商店街のお店を結びつけるつばめになるの」

「つばめ？」

「そう、幸福を運ぶつばめ……」

健作は、早苗の胸元を弄んでいた掌を背筋へと運んだ。

つーっとキャミソールを刷くと、敏感になった女体が震えた。

「あふん……すけべなつばめさん……。ありがちだけど、商店街のミニコミ誌なんかも案外いいかも。お得なクーポンが付いていると、主婦はお得さに弱いから……」

健作は、背筋を彷徨《さまよ》わせていた掌を、ゆっくりと下方へと移動させ、丸い尻肉を摑み取った。

弾力たっぷりの尻たぶをむにゅむにゅと揉み潰しながら、太ももを強く引きつけ、魅惑の股間を勃起肉でぐいっと抉りたてる。

「ああん、おま×こに擦れてるぅ……そんなにいやらしい悪戯したら、大事なこと考えられなくなっちゃうわぁ……」

ローズレッドに艶めく口唇が官能的に開かれた。きれいに並ぶ白い上下の歯の間に、ツーッと銀の糸を引いた。

「もう十分にヒントは頂きました。今度は、早苗さんが欲しい！　たっぷりと弄ばれて、おち×ぽギンギン！」

ぐりぐりと尻たぶを揉みしだきながら求愛する健作に、頰を染めた熟女が乙女《おとめ》のように愛らしく頷いた。

4

「それにしても、早苗さんのエロ下着姿、すごいなあ……」

きわどいキャミソールに、今更気《いまさら》が付いたように、健作は感嘆の声を上げた。

黒地に赤い刺繍《ししゅう》の施されたハイレグパンティも、悩ましいことこの上ない。

そんなあられもない格好でも寒くないように、部屋の温度は高めに設定されている。

その分、洋服を着たままの健作は汗だくで、顔は茹《ゆ》で蛸《だこ》のよう。もちろん、のぼせ気味なのは、熟女の絶え間ない淫戯に拠《よ》るところが大きい。

「だって、健ちゃんがいやらしい下着をつけてって……」

居間のソファに移動した二人。今度は、健作の右の太ももに早苗は跨っている。

全体重を預けるように女体をしなだれさせても、まるで重さを感じない。こんなにも肉感的であるだけに不思議な気もするが、やはり女性らしく骨格が華奢《きゃしゃ》なのだろう。

「早苗さん、脱がせてください。もう暑くてたまりません」

甘える健作に、早苗はセーターの裾を摑まえて脱がせてくれる。バンザイをした手首から腕が抜き取られると、次はシャツのボタンを上から順に外してくれるのだ。

もちろん、その間中、健作はじっとしていない。テロテロのキャミソールを撫でまくり、豊饒《ほうじょう》な女体の立体感を味わい尽くす。

けれど、健作はその薄布を剝《は》ぎ取ろうとはしない。お腹についたお肉を見られるのが嫌だからと、彼女が全裸になることを嫌うからだ。それは早苗のコンプレックスであり、決して肥え太っているわけではない。健作には、その肉付きこそ熟れたおんなのエロチシズムを匂い立たせているようで興奮をそそられるのだが、そこは無理に我《が》を通したりしない。

ことさら早苗が後背位の交わりを望むのも、そのお腹のあたりを見られることを気にする女心かもしれない。それでも、すばらしいお尻をめいっぱい弄ぶことができる健作としては、さしたる不満もないのだが。

「あ、ああん……ほんと、健ちゃんの手つきいやらしい……私の感じる場所、いっぱい知られてしまっているからよけいに……あ、あはああ……」

ノースリーブの背中に手指を突っ込み、なめらかな肌を撫で回す。愛らしい耳を口腔に含み、小さな孔《あな》を舌先でほじる。

びくん、びくびくんと、艶めかしい反応を示す人妻に気をよくして、早苗の性感帯を責めまくるのだ。

「ああ、上手ぅ……。やさしい撫で方、感じちゃうわぁ……」

女性を触る時には、壊れ物を扱うような手つきでと、教えてくれたのも早苗だ。やりたいことをさせてくれる一方で、どうすればいいか手ほどきもしてくれるのが、熟女の魅力だろう。

「感じちゃってください。早苗さんのエロい姿が見たいですぅ」

シャツを脱がされると、人妻の朱唇が健作の乳暈《にゅううん》に吸いついてくる。しなやかな手指がベルトを外していく。

「ぐふっ、く、くすぐったいいっ！」

「くすぐったいって割に、乳首がツンってしこっているわ……」

くすくす笑いながらも、舌先で乳首を舐めくすぐる早苗。ズボンをくつろげられた下腹部では、パンツのゴムをすべすべの手指が潜《くぐ》り抜ける。

「うおっ！　つく……ぶはあ……さ、早苗さ～ん!!」

亀頭部が掌底《しょうてい》にやさしく包まれ、肉幹には繊細な指が絡みつく。押し付けるような、擦り付けるような動きと、揉みしだかれる手つきに、健作は目を白黒させた。

込み上げる快感に、衝動的に白い首筋に吸いついた。尻たぶを揉む掌に熱を込め、同時に自らの太ももをぐいっと持ち上げる。

「はううっ……あ、ああん、いやらしい振動……」

貧乏ゆすりの要領で、トントンと太ももを揺すり、骨盤底に密着した部分に振動を送り込むのだ。

「あうんっ、あ、はぁっ、ああ、だめぇっ……」

早苗の熱い吐息が顔に吹きかけられる。甘い匂いと共に、人妻の発情熱が伝わった。

「ああんっ、健ちゃんのいけずぅっ……し、子宮が揺れちゃうぅっ」

たまらず早苗は、健作の肩にしがみつき、脂汗《あぶらあせ》がふきだした美貌をこすり付けて切なく呻いた。

「ああん、健ちゃん許してっ……早苗、おかしくなってしまいそう……」

そんな懇願も、若牡をさらに昂奮させる効果しかないことを彼女は知り尽くしている。承知した上で、鼻にかかった甘い声を漏らしてくれているのだ。

「早苗さん、超色っぽいですぅ……ああ、そんな顔されたら、俺、たまりません」

断続的に送り込む振動に、腰を蕩けさせている。瞳は焦点を失い、美貌をトロトロにさせている。霧に佇《たたず》むが如く全身をじっとりと濡らし、ツンと尖った頤《おとがい》で玉を結んだ雫が、華《はな》やかに赤く染まった首筋や胸元の白肌に滴り、完熟の牝《めす》フェロモンを発散させている。

「俺、早苗さんの発情顔大好きです。こんなにエロいのに、どこか上品で……」

耳朶を舐《ねぶ》りながら熱く囁くと、うれしいと感じてくれたのか、ぶるぶるっと女体が派手に震えた。蕩けた心が昇天すると同時に、肉体までが初期絶頂を迎えたらしい。

「あはああっ……け、健ちゃん……早苗、熔けちゃうぅっ…ああ、全身、感じちゃう……感じちゃうのぉ」

まるで乳房のようにまろやかな太ももを抱え込み、むっちりとした純白の丸みを腰骨の上まで撫で上げる。発酵したパン生地ほどもやわらかく、極上シルクの如くにつるすべだ。

穏やかな丸みを帯びたウエストは、八十八センチのバストトップから二十五センチほどくびれている。そこから急激に張り出した艶腰は、女性らしく広い骨盤に、やわらかむちむちのヒップを悩ましくのせ、九十五センチの堂々たるボリュームを誇っている。

横から見るとスカートのフォルムが、あまりの頂点の高さに蜂腰のように突きだしていることが判る。それほどまでに、熟れに熟れた巨尻だった。

「相変わらず、すごいです。早苗さんのお尻……こんなにむちむちパンパンなのに……指がすっと吸い込まれていくようで……。ああ、触っているだけで俺、イケそうです」

雲を抱き締めるような気分で、健作はさらに腕に力を込める。

こうして早苗を抱き締めるたび、彼女が人妻であることを、頭のどこかで意識させられる。狂おしいまでの嫉妬と独占欲。抱えきれずにいる未消化な想い。それら複雑な思いがないまぜになり、激しいまでの性欲にすり替わっていく。それは早苗という存在を求める渇きそのものなのだろう。

「ああ、健ちゃんだけよ……早苗をこんなに乱れさせるのは……。本当は、こんなに淫らなおんなじゃないのよ……」

早苗もまた人妻としての矜持や貞操といったものを、健作の前ではかなぐり捨てている。

あらぬ情念が燻《くすぶ》りだして、理性が溶かされてしまうらしい。若い恋人との危うい情事に、ヒップの奥をじーんと甘美に痺れさせているのだ。

「いいわっ、ねえ、健ちゃんちょうだいっ……早苗をもっと淫らにさせてぇっ！」

深く息を吸い、健作の牡《おす》フェロモンに、脳の芯を痺れさせている。その証拠に早苗は、自ら腰を振り、発情ま×こを擦りつけるのだ。

そんな早苗を見ているうちに、健作は溢れだす思いを抑えきれなくなった。ぶつけるべきではないと判っていても、どうしても若さがそうさせるのだ。

「俺が欲しいなら、お願いです。言ってください。俺のことを好きだと。俺、早苗さんを愛しています！」

耳元で呪文を囁くと、早苗の女体が考えるよりも早く答えを出してしまったようだ。

ふしだらにも、ぞくぞくぞくっと震えだしている。

「好きですっ……早苗さん……大好きです！」

囁きながら早苗を追い詰める健作。その切羽詰まったような、それでいてどこまでも真剣な表情が、経験豊富な人妻を蕩けさせる。

「ああ、健ちゃん、うれしいっ……。こんなに熱く想いを伝えてくれて……。早苗もよ、健ちゃん……あなたのことが大好きっ！」

健作が心から望んだ言葉。凄まじい興奮と感動に、腕の力をさらに強めた。窒息させてしまいそうなほど抱きすくめ、頭の中に歓喜の花火を打ち上げた。

5

満ち足りた思いとは裏腹の激しい欲求に突き動かされ、健作はなおも尻肉を揉みしだく。それはもう、責めの手順などと頭で考えてのことではなく、ひたすら本能が健作にそうさせている。

「あううっ、お、お尻っ……ん、んんっ……あ、ああっ、お尻、激しいっ」

早苗の言葉にも、いっそうの媚が感じられる。それが彼女の天然なのか、意図的になのかは、健作には判別がつかない。ただひたすらに色っぽく、たまらない気持ちにさせられるだけだった。

「早苗さん……挿《い》入れさせて……」

軽い女体をお姫様抱っこすると、「きゃっ」と小さな悲鳴が上がった。持ち上げた女体を、シンプルな黒革のソファの上に、壊れやすいガラス細工を扱う慎重さで横たえさせた。

ずり下げられたままにしていたズボンとパンツを脱ぎ捨て、彼女の下腹部からパンティを剝ぎ取った。

じっとりと潤ませた瞳が、切なげにこちらを見つめている。

「来てっ……健ちゃんっ」

待ちきれないといった風情で両手を広げる熟妻のトロトロのエロ表情。すんなりと伸びた美脚もひろげて、そのまま迎え入れる態勢を整えてくれている。

「正常位でするの、久しぶりですね……」

そんなことを言いながら健作も、官能的な太ももの間に腰を割り込ませる。

「もう、いやな健ちゃん……。いいから、来てっ……」

首筋に腕がまとわりついてきて、健作を引き寄せる。

必然的に腰位置も下がり、ふっくらプリプリの肉厚花びらを猛《たけ》り狂った切っ先で啄んだ。

散々健作が太ももで揉み散らかしてきたから、ヴァギナは、とろーりと愛蜜にまみれている。そこを猛禽《もうきん》のひなのような亀頭部で啄むので、彼女の淫汁が健作にもまぶされていく。

欲情しきった青年は、両手でキャミソールの裾を摑まえると、グイッと上に持ち上げた。熟女の色香を湛えた乳房が、勢いよく零れ落ちる。そのたっぷりとした重さに下乳から外側にわずかに流れ、乳肌がたゆたう。

「ああっ……」

官能味あふれる唇から、熱い吐息が吹きこぼれた。健作の熱視線に灼かれ、乳肌がぼうっとピンクに煙っていく。優美な頬までが熱いのだろう。まるで少女がむずかるように、その頬を革のソファに擦りつけている。

「ねえ、そんなに見ないで……。恥ずかしすぎるわっ」

肉食系の熟女も、正常位に組み敷かれてしまえば手弱女《たおやめ》でしかない。

身体のラインを見られることを好まない早苗だけに、いかにも、ふっくらとした豊満な肉付きが、たまらなく羞恥を誘うらしい。

確かに、二十代の頃のような張りは失われていても、たわわな肉体は、女盛りにさしかかり、円熟の美を咲き誇らせている。しかも、彼女が気にするほど、身体の線が崩れているわけではない。付くべきところに豊かに熟肉が付き、十代の娘にはない官能美を漂わせているのだ。

「こんなに綺麗なのだから、気にすることないですよ……」

そう伝えようかとも思ったが、どんなに言葉を尽くしても、彼女には慰めに聞こえてしまうかも。そう悟った健作は、言葉ではなく行動で示すことにした。

下乳の外周に、大きく開いた掌をあてがうと、激情の全てをぶつけるように手指を絞った。それでいて、愛情を込めて扱ってやる。

「デリケートな部分だからゆっくりと、性感を引き起こすように……」と早苗に教わったことを忠実に実行する。

乳房の中に指先を埋め込むと、移動した熟脂肪がむにゅにゅっと、乳暈下に集まって膨らむ。牛の角《つの》のように尖りを見せはじめた乳首を、今度は口で捉えて、ぢゅっとやさしく吸い付けた。

「はううっ……あ、はあああっ」

情感が昂ぶりいつも以上に敏感になっているのだろう。悩ましく啼きながら、艶腰が持ち上がった。

　ぐぢゅぶじゅぢゅっ——。

　早苗の腰が動いたお蔭で、女陰にあてがっていた切っ先が肉の帳《とばり》をくぐる。

「あうっ、ああ」

　二人の喘ぎがシンクロした。

　ぬちゅん、ぶぢゅるるる、ずずっずずずっ——。

　淫靡《いんび》な水音が続いたのは、あまりの快感に健作がさらに腰を突き出したからだ。

　亀頭部が呑み込まれ、竿肉がずるずるずるっと胎内に忍び込む。一気に根元まで沈み込ませると、ざわざわと押し寄せる官能に、たまらずぐいっと腰を捏《こ》ねていった。

「ひあうっ、ううう……」

　甲高く啼いた早苗は、荒く乳房を上下させている。

「ごめんなさい。乱暴にする気はなかったんだけど……」

「い、いいのよ。だって、早苗、感じている……」

　柔肌をふつふつと粟立てながら、荒げた呼吸を整えている。けれど、官能が堰《せき》を切ってしまったらしく、容易《たやす》くは戻らない。それどころか絶頂の兆しに、頬を強張《こわば》らせてさえいるのだ。

ハプニングのような交合ではあったが、互いの性感がみっしりと直結していた。

「どうしよう、気持ちよすぎぃ……。健ちゃんの太くて硬いおち×ちん、大好きよ」

健作は鳥肌立った乳肌に掌を覆い被せ、揉み上げる。掌底に擦れて膨らむ乳首を、指先に捉えて甘くひねった。

「あううっ、あん、乳首すり潰さないでぇ……。感度が上がってる、乳首、切ないのぉ」

女体をくねらせ、息も絶え絶えといった感じでよがり啼く早苗。健作も愉悦に押される形で、小刻みに腰を繰りだす。ねっとりとぬかるんだ膣襞に、思う存分牡のシンボルを擦りつける。

くちゅ、みちゅ、くちゃ……と猥褻な音を盛んに奏《かな》でると、それに合わせるように熟妻が、「あうっ」「ひうっ」「あん」と悩ましく呻いた。

「すごいです。早苗さんのおま×こ、ドロドロネトネトになっています。ち×ぽが溺れそう……。それに、ああ、その蕩けたエロ顔がたまりません」

美しくも淫らな表情をうっとりと眺めながら、忙しく腰を打ち振る悦楽。上下に揺れる乳房にしゃぶりつくと、早苗もまるで授乳をするように、健作の口元に自ら乳房を押し付けてくれる。

熟れた人妻は、もうすでに数回イッているようだ。健作の草むらを濡らす多量の愛汁がその証だった。

ちゅっぱ、ちゅっぱ、ちゅびちゅちゅっ——。

わざと卑猥に音を立てて乳首を舐め啜《すす》る。すると、たまらなくなった早苗が、小刻みな抽送《ちゅうそう》にあわせて艶腰をひくつかせるのだ。

「あ、あああ、最高っ、いいの、気持ちいいっ！　ほおおお、おお、おおん……」

たらたらと脂汗を全身に吹き出させ、奥歯をカチカチと鳴らしている。紅潮させた頬を、むずかるように左右に振った。

悩ましい熟女の腰付きは、確実に健作を追いつめようとしている。キリリと歯を食いしばって耐えなければ、打ち漏らしてしまいそうだ。

「いいのよ。いつでも射精《だ》して。健ちゃんの精子ならいつでも受け止めてあげる」

やさしく促してくれる人妻に、若牡が反応しないわけがない。亀頭がひと回り傘を膨らまし、さらに硬度を増した。

「つあぁっ、やっぱり、凄いっ……まだ大きくなれるのねっ。逞《たくま》しいっ！」

興奮を露わにする早苗。その唇を求め、歓喜の表情で健作は唇を近付けた。

離れては付く、やわらかな唇。艶めかしい舌先が、積極的に健作の唇を舐め取っていく。その間も、やわらかな女体が腕の中で揺れている。切ない射精衝動が鎌首をもたげた。

「ねえ、早苗さんのお尻に擦り付けて、射精《だ》したい！」

健作は、最後は後背位で果てることを望んだ。

早苗の素晴らしい尻肉に、下腹部を擦り付ける快感は何物にも替えがたい。

「後ろからしたいのね。いいわよ。早苗のお尻、好きにしてぇ……」

了承を得た健作は、ずるずるずるっと、勃起を抜き取った。

「ああん……」

退《しりぞ》いていく切なさに、肉襞をすがりつかせる熟妻。細眉を歪め、荒く息をつきながらも、若牡に求められるがまま芳醇《ほうじゅん》な肉体を裏返しにしていく。

ソファの肘掛けに、両腕ですがりつき、豊満な逆ハート形のお尻を持ち上げている。

つい先ほどまで繋がりあっていた女陰は、硬い牡肉に蹂躙《じゅうりん》されていたせいか、少し花びらを捩《よじ》れさせている。純ピンクのクレヴァスからは、練り込まれて泡立った愛蜜が、白い糸を引いて滴り落ちている。

「やばいくらいにエッチな眺めです。ああでも、どうしてこんな姿が上品に見えるのだろう」

健作は、そのお尻を直接手中に収めた。否《いな》、大きな掌でも収まらないほどの尻たぶを、早苗は左右交互にぶるんぶるんと震えさせているのだ。

「くうぅぅ……あふっ、あ、ああ……許して、お尻までが敏感になってる……」

「許してあげられません……好きにしていいって言ったじゃないですか……。ああ、本当にすごいお尻っ……俺の掌が溶けてしまいそうです」

迸《ほとばし》る欲情を乱暴にぶつけても全て受け止めてくれそうな巨尻は、どれほど揉み続けても、いくら弄び続けても、健作を飽きさせない魅力にあふれていた。

「つきたてのお餅みたいです。このボリューム……この感触……」

やわらかくも張り詰めた感触を夢中で揉みしだく。すると柔尻が、まるで手の中で息吹《いぶ》くように、キュッキュッと震えて応えるのだ。劣情の昂りは否応《いやおう》なしに高められ、ついに健作は、純白の狭間《はざま》に勃起をあてがった。

「ああ、来るのね……。はやくちょうだいっ！」

細首を捻《ね》じ曲げて振り向く美貌。泣いているのかと見間違えるほどにまで潤ませた瞳には、ありったけの媚が含まれている。

「挿《い》入れますよ、早苗さ〜ん！」

やわらかな肉花びらがぴとっと亀頭にまとわりつくのを巻き添えに、ずぶずぶずぶっと埋め込んだ。

「んっく……あん、うううううっ！」

甘く切ない早苗の喘ぎ。押し寄せる快感に、肘掛けに朱唇を押し当てたため、くぐもったものとなっている。

ズッポリと根元まで突き立てると、切っ先にこつんと触れる手応え。太くて長い持ち物が、子宮口にぶち当たった感触だ。

「……っく……奥まで、挿入《はい》ってきてる……はうんっ……ああ、健ちゃんが、奥までぇ……」

空洞を再び巨根に埋め尽くされた人妻は、むしろ安堵《あんど》するかのよう。肉孔がきゅっと窄まり締め付けてくる。若牡の性を搾り取ろうとする熟女の手練手管だ。

「うああ、いいよぉ……。さっきとはまた違うおま×この感触だ……。ぬめぬめじゅくじゅくで、超気持ちいいっ！」

健作の悦びの声に、早苗が妖艶な笑みを向けてきた。

「やっぱり健ちゃんと私、セックスの相性がいいのね……ほんと、最っ高よ！」

誇らしげな熟女を、またしてもアクメに追い込みたい欲求が湧き上がる。

引き絞っていた両腕を解放し、外側から太ももを抱え込んだ。太い腕を絡み付かせ、肉の合わせ目にあるクリトリスを狙った。

指先を溢れ出す愛液に浸《ひた》すと、充血する肉芽の頭にあてがった。痛みを与えないよう注意しながら、つんとしこった肉芽を揉み転がす。

「ひうんっ！　はうっ、あうっ、うっく……そっ、そこ、イクっ……ああっ、クリトリス、イッちゃうううううぅっ!!」

艶めかしい反応に気を良くした健作は、肉芽への手淫をさらに加速させた。くりくりっとやさしく嬲《なぶ》っていたものが、バイブレーターにも似た動きに変わる。

ぶるぶるぶる、くにくにくに、ぶるぶるぶる、くりんくりんくりん──。

いやらしい震動に、クリトリスをなぎ倒された早苗は、びくびくんと、瘧《おこり》のような震えを全身に起こしている。健作は空《あ》いている左手で、揺れる乳房を揉み潰す。

途端に、津波のような絶頂が、一気に早苗を呑み込んだ。

「あぐううっ……はうううっ……イクっ……ああ、また来ちゃううっ〜〜!?」

官能的な啼き声を吹き零しながら、形のよい唇を扇情的にわななかせた。肉という肉が、あちこちで淫らな痙攣を繰り返す。花びらまでをひくひくさせて、貫かれたままの勃起肉にすがりついてきた。

「うほっ、早苗さんの締め付けが強くなった。もう射精《で》ちゃいそうですっ！」

「ああ、来てっ……さ、早苗のおま×こをいっぱい突いて……射精《だ》してぇっ！」

求められるまでもなく、健作はストロークを開始した。やるせない射精衝動と少しでも長く人妻を味わっていたい欲求が、健作の中でせめぎ合っている。

「はぁあん……あふん、あはん……ふぅ、あああ……」

「ぐふう、おああ、き、気持ちいい、うおっ、早苗さぁああんっ！」

背筋や尻周りを撫で回しながら、抽送を繰り返す。時折、艶尻に腰をべったりと突けて、くんと捏ね回すのも忘れない。

なるべく早苗に予測がつかないように責めるのが、彼女を乱れさせるコツなのだ。

「あん、いいっ！　健ちゃん、いいのぉ……。あん、そこ、今擦れたとこぉ……」

セクシーによがり啼く早苗も、艶腰をくねらせる。しかも、挿入に合わせ肉襞を開き、引き戻しにはすがりつくように締め付けてくる。

「つく……もうだめだっ、もっと激しく動かしますからね！」

焦れるような官能に、我慢しきれなくなった健作は、逞しい腰を大きく退かせてから、思い切り強く尻たぶに打ち付けた。

「あうっ！」

剛直で勢いよく膣洞を抉り、子宮をズンと叩いた。

「ああっ、これよ、これが欲しかったの……っ！」

早苗もまた物足りなさを感じていたのだろう。引き締まった下腹部で尻たぶを叩くたび、身も世もなく人妻は悦喜の啜り泣きを披露していた。先ほど垣間見えた知性のきらめきは影をひそめ、ひたすら官能を貪る牝獣と化している。

「す、すごいっ……いいっ！　気持ちいいのっ……あううっ……もっと、ねえもっとぉ！」

たっぷりとした肉尻を持ち上げ、激しく突かれるのを待ちわびている。すべやかな背筋には、汗の粒が宝石の如く輝いていた。

「あぁんっ……おま×こがずぶずぶに溶けちゃいそうっ!!」

健作もまた、汲めども尽きぬ快美感に、ひたすら射精したい気持ちばかりが頭の中を占めている。

人妻の両腕を手綱《たづな》を引くように、ぐいっと強く引き付ける。パンパンパンと抜き挿しさせると、下腹部で轟《とどろ》くような重々しい快感がはじけた。

「だ、だめだぁ、俺、もう……！」

堰を切ったように健作は、激しい抽送へと移行した。

「射精《で》ちゃいそうなのね……さ、早苗も、またイク……ねえ、またイクぅっ」

艶腰を力強く引き付け、自らは下腹部をぐいっと突き出して、深挿しに深挿しを重ねる。

ぢゅるん、ずぶん、ぬぷん、かぽん、ぢゅぼぼっ――。

卑猥な水音と尻たぶにぶつかる乾いた音。健作に呼吸を合わせた快美な早苗の練り腰。官能に溺れる美熟妻に見惚れながら、いやらしい腰付きに出し入れさせた。

「あん……おん、おお、おぁ……ふぬぅ、ふうん……あうっ、あ、あっ、あぁぁっ」

兆《きざ》した美貌が激しく上下にバンクする。汗で濡れた女体が妖しくのたうつ。

「あうん……あ、ああ、イクぅうう!! あっ……ああ、あぁああ～～っ！」

早苗の背筋がエビ反り、媚肉が肉塊をきゅーきゅーと締め付ける。

「来て……健ちゃんも一緒にぃいいいいいっ」

アクメに強張った美貌が、射精を窺《うかが》うように健作に振り向いた。

「ぐわああ、射精《で》ますっ。早苗さあぁ～～んっ！」

雄叫《おたけ》びと共に、怒濤《どとう》の快感が押し寄せる。

上半身をべったりと背筋に沿わせ、力いっぱい女体を抱き締めた。前に回した手指で、乳房をぎゅっと揉み絞り、極上の抱き心地を堪能する。

びゅぴゅっ、ぶびゅっ、どびゅるるる――。

切っ先を子宮口に密着させて、中へと子種を流し込んだ。

「きゃううっ、け、健ちゃんの精子、熱いい～～ぃっ」

灼熱の白濁を子宮で受け止め、またしても早苗がアクメを迎える。同じタイミングで極める充実感。肉という肉が蕩け落ちるかと思うほどの快美感。たどり着いた絶頂は、何ものにも替えがたい悦びだった。

「うふふ、健ちゃんの満足げな顔……。元気が出たみたいで、私もうれしいっ」

ソファの上、気だるそうに裸身を投げ出したまま、うっとりと早苗が微笑んだ。

充血したヴァギナからコポコポッと精子と愛蜜の入り混じった白濁液が零れ出ている。

「満足げなのは、早苗さんだって同じじゃないですか」

誇らしげにさえ映る早苗の上に覆いかぶさり、健作は色っぽく紅潮したその頬にそっと口づけをした。

第二章　幼馴染は看板娘

1

「クリーニング屋さんが、御用聞き？　妙なことはじめたのね……」

さっそく早苗のアドバイスを実行に移してみると、初めのうちは戸惑っていた客たちからも徐々にその便利さに注文をもらえるようになってきた。

調味料ひとつから、女性が持ち運ぶにはおっくうなお米や一升瓶まで、なんでもかんでも引き受けるものだから重宝がられるのも当然だった。

子供の使いのようなものでも、最近の子供たちは、塾だ習い事だと忙しく、お使いなど頼めない。それ故、買い忘れた物を健作に気安く頼めるのは、コンビニ以上に役に立つのだ。

フットワークが軽く、何事も面倒がらない健作の人柄も幸いして、思った以上の反響が得られた。

本業の方でも、ただで使うのは悪いと思われてか、これまで以上にクリーニングの量が増えている。Tシャツやカットソーといった家庭内で洗濯されていたようなものまでが、頼まれるようになったのは思いがけない成果だった。

「洗えるものは何でも引き受けますが、クリーニングがなくても御用は聞きますからね。その代わり竜神商店街をよろしくお願いします！」

そんな態度が評判となり、忙しく客と商店街を行き来するようになっている。

「こんちはー。河野クリーニング店で～す。かぼちゃとニンジン、それとキャベツを半玉、頼まれました～」

平台の上いっぱいに野菜や果物が並べられた竜神青果店の店先で、能天気《のうてんき》に健作は注文を記《しる》したメモを読み上げた。

「あら健作くん、今日は三度目？　ありがとう。ほんと、お世話になっちゃって……」

明るい笑顔で出迎えてくれたのは、友田梨乃《ともだりの》だった。

「えーと、かぼちゃ、ニンジン、キャベツ半玉で、ちょうど五百円におまけしてあげる。と言っても、健作くんは頼まれただけだから、なんのお得もないわね。じゃあほら、りんご、お爺さんと食べて……」

レジ袋の中に、りんごを五つ忍ばせて、手渡してくれた。

微《かす》かに触れた手指の女性らしいやわらかさに、ドキリとした。

二十代の半ばほどと思われる梨乃は、化粧っ気がなく、啖呵売《たんかばい》も上手《うま》いためか、色気に欠けているように映る。けれど、よく見ると整った顔立ちをしており、体つきも肉感的だ。

「いいんですか？　商売物を……」

能天気な健作でも、ここに来て以来、遠慮して見せるくらいの分別は備わってきた。

「いい若い者が、遠慮しないの。それに健作くんの頑張りには、うちだけじゃなく商店街のみんなが感謝してるのだから」

心から労《いたわ》ってくれる梨乃に、照れまくりながらも、まんざらではない。

健作としては、あっけらかんと自分にできることをやっているだけとの意識だが、やはり感謝されるのはうれしい。まして、梨乃のような美人と気安く掛け合いができるようになったことは、うれしい余禄だ。

「それにしても、梨乃さんって、やっぱりここの女将さんみたいですね」

「私ってそんなに貫禄ある？　ずうずうしく見えるってことかなあ……。だから、おんなを捨てているなんて、言われちゃうのねぇ……」

その気風《きっぷ》の良さや話す内容からも、梨乃を竜神青果店の女将と勘違いする人が多い。けれど、実は彼女はパートの主婦だった。

もっとも、竜神青果店の店主はご多分に漏れず高齢で、実質彼女が店を仕切っているようなものらしい。

「えっ、いやそんなことないですよ。第一、梨乃さん、美人だし……」

いつもの調子で、思ったことをそのまま口にする。

「やだ、美人だなんてそんな、健作くん、正直ねえ」

大人の余裕で切り返してくれる梨乃だったが、その頬が少しだけポッと赤く染まるのが可愛らしかった。

(うわあ、ちょっぴり照れた梨乃さんカワイイ！　それにしても、ここの商店街が美人揃いなのは、竜神さまのご利益かなぁ……？)

凛としていながらも柔和な梨乃の顔立ちからは、癒し系の母性が感じられる。笑うと垂れ目になる大きな瞳が、そう感じさせるのだろうか。

薄い唇は、けれど如何《いか》にもやわらかそうで、ぷるんとしている。

お似合いのショートカットの髪型が、溌剌とした印象を際立たせる。そして、どこよりも健作の視線を惹きつけてやまないのは、厚手の生地の前掛けをしていても目立つ胸元だった。包容力の権化《ごんげ》が、はちきれんばかりに膨らんでいるのだ。

(梨乃さんともっとお近付きになれるように頑張ろう!)

我ながら何が目的か見失いつつあると思うものの、結果、竜神商店街が活性化してくれればよいのだと、自分に言い訳する健作だった。

2

「えーっと、あとは電球だったたな……」

引き受けた用事を書き込んだメモを、もう一度確認してから、健作はスクーターのスロットルをふかした。

目指す先は、氷川デンキ。

看板娘の瑠璃子の笑顔が脳裏に浮かび、心は空を飛んでいる。

まるで、艶やかな花の間を飛び回るミツバチのようだが、行く先々に美人がいることは、間違いなく健作のモチベーションになっている。

「こんちはー。河野クリーニング店です。電球を受け取りに来ました〜」

電球交換の依頼を受けた折、間違いのないよう、事前にスマホのメールで電球の在庫を問い合わせてあったのだ。

「は～い。ご苦労様ぁ」

期待通り、店の奥から出て来てくれたのは瑠璃子だった。

ヒマワリのような明るい笑顔で、出迎えてくれるのだ。

（うわあ、やっぱり瑠璃ちゃん、キャワイイっ！）

年上ながらも、どこかあどけなさを感じさせるのは、口元から覗く八重歯のお蔭だろうか。それでいて、お嬢様のような清楚で知的な雰囲気も兼ね備えている。

幼馴染の間柄から、幼い時分のまま「健ちゃん」「瑠璃ちゃん」と気安く呼び合っている。

「ごめんねえ、健ちゃん。電球交換は、うちでもサービスしてるのにねえ……。やっぱり宣伝不足なんだね」

電球交換の作業は、店によって対応が違っている。氷川デンキのように無料サービスで受けるところもあれば、出張経費を請求する店もある。二百円ほどの電球を交換するのに、五千円ものサービス料が上乗せになるケースも珍しくない。

「でもまあ、本音《ほんね》を言えば、出張サービスに手間を取れないから助かっちゃう。ただ、高い場所とかは、気を付けるんだよ……」

それはそうだろう。もしも氷川デンキで電球交換の依頼を受けた場合、店主である瑠璃子の父親が対応することになる。それを無料で行うということは、人件費やガソリン代などの赤字を呑むということなのだ。

もちろん、そういう普段からの顔つなぎと、しっかりしたサービスという信頼によって次の商売につながることも確かだ。だからこそ、同じ竜神商店街ぐるみで、サービスを賄《まかな》っているように映る健作のやり方は、個人商店にとって本当に手助けとなるはずだ。

「俺なら全然、問題ないっす。よっぽど高いところの電球なら別だけど、ちょっと台に乗れば済む程度の高さだから……」

けれど、その高さが、高齢者には恐ろしいことも承知している。だからこそ、健作のように気さくに頼まれてくれる存在は、重宝なのだ。

「ついでに、氷川デンキでも近隣の家には無料サービスしてると宣伝しておくね」

調子よく安請け合いする健作に、瑠璃子がうれしそうにクスクスッと笑った。

「それにしても、最初に健ちゃんが御用聞きに回ると言い出した時には驚いたけど、板についてきたみたいだね。反響も大きいし……。うちの頑固おやじも、珍しく褒《ほ》めていたよ。俺も、こんど御用聞きでもしてみようかなぁだって……」

愉《たの》しそうに話す瑠璃子は、何気《なにげ》に健作の二の腕に触れている。急に距離が縮まったことに、ドキドキした。

控え目ながらも爽《さわ》やかな柑橘《かんきつけい》系の匂いは、彼女が使う香水なのだろうか。甘い体臭と入り混じり、何とも言えずよい匂いだ。

いつも相手の目を見て、まっすぐに語りかけてくる彼女。小柄なだけに、見上げてくるクリクリの瞳が、まるで小動物のようでかわいい。

（くうう、こんなにカワイイ人がいるなんて！）

同じ感謝されるなら、氷川デンキのおやじさんからより、瑠璃子からの方がうれしいに決まっている。それもこんな至近距離にまで近付いてくれるのだから、健作がのぼせ上がらないわけがない。

「お父さんじゃないけど、私も協力するから、なんでも言ってね」

ファッション雑誌から飛び出してきたかのようなルックスが、無邪気に笑う。

小柄ながらも二十三歳の女体は、おんなとしての熟れが進む一方、ピチピチの瑞々《みずみず》しさも残している印象だ。

スレンダーな体形ながら出るべきところは、しっかりと出ていて、健康的で溌剌とした色香を匂い立たせている。

「あ、あの……」

瑠璃子の独特の存在感に圧倒されながら、ふと思い付いたことを口にした。

「竜神商店街のミニコミ誌を作ろうと思ってるのだけど、でも、初めてのことだから、企画なんかもどうしたらいいか困っていて……」

「へえ、ミニコミ誌ねえ……。以前はうちでも発行していたけど、なかなか続かないんだよねえ……」

「そっかあ、始めることも難しいけど、継続はもっと難しいんだぁ」

何事も行き当たりばったりで、勢い任せの健作としては、最も苦手なことが継続することだけに耳が痛い。

「うん。でも、行動を起こすのは、いいことだよね。協力するよ。夜なら時間があるし……。善は急げだから、さっそく今夜、健ちゃんちで企画会議をやろうか？」

思いがけなくも、瑠璃子が魅力的な提案をしてくれた。願ったり叶《かな》ったりの展開に健作は、勢い込んで頷いた。

「ミニコミ誌の名前とか、決めてあるの？　どれくらいのサイズにするかとか、発行部数とか、肝心の内容もだけど、決めることはいっぱいだよ」

3

その夜、河野クリーニング店の二階で企画会議は始まった。

河野クリーニング店は、木造モルタル二階建ての建物に、一階が店舗スペース、二階が居住スペースという造りになっている。

居住スペースには、居間とキッチン、バス、トイレ、祖父母たちの寝室と最低限の生活スペースが確保されているほかは、健作の母親が独身時代に使っていた部屋があるのみだ。

その母の部屋を、今は健作が使っている。と言っても、わずか四畳半の空間で、これまた母が使っていた勉強机がやけに場所を取っている。

ベッドなど置けないため、布団を敷いて寝ている。もっとも午前中は大学の講義を受け、午後からは仕事を手伝っている健作は、その忙しさを理由に、敷きっぱなしの万年床となっていた。

瑠璃子が訪《おとず》れることになり、ここに住み込みになって以来、初めて布団をたたみ掃除機をかける始末だった。

「思い付きではじめるようなものだから、全てがまったくの白紙。どこから手を付ければいいのか判らなかったし……」

畳にカーペットが敷かれた床に座布団を敷き、部屋の真ん中に置いた折り畳み式の小さなテーブルに、瑠璃子と健作は二人きりで額を合わせている。

「もう！　すべてが白紙って……。そんな状態で、よくミニコミ誌を作る気でいたわね。それとも、これって、私を誘う口実？」

青白い蛍光灯に、瑠璃子が照らされると、ハッとさせられるような艶めかしい陰影が鮮やかに浮かび上がる。その美しさに健作は、ついつい見惚れていた。

オフホワイトのふわふわニットが、彼女の可愛らしさを際立たせている。

「えっ、あ、いや、違うよ。そりゃあ、瑠璃ちゃんとこうしているのは、うれしいけれど、俺は純粋に……」

あわてて否定したものの、顔が真っ赤になっている。これでは、どう言い繕《つくろ》っても、無駄な気がした。

「あはは、赤くなってるぅ。ちょっとからかっただけなのに、健ちゃん、カワイイっ！」

けらけらと愉しそうに笑う瑠璃子。白く覗く八重歯がチャーミングだ。

「俺なんかよりも、よっぽど瑠璃ちゃんの方がカワイイよ！」

赤面したまま健作は、開き直って言い返した。

「まあ！　どうせ私は、幼いですよ……」

それをどう受け取ったのか、プクッと頬を膨らませ瑠璃子が拗《す》ねて見せた。

褒めたつもりの健作には、あまりに意外な反応で、半ばきょとんとしてしまった。

「あの、どうしてそこで、むくれるの？」

訳が分からず、困惑したまま聞いてみる。

途端に、膨らんだ瑠璃子の頬が、ぷっと破裂した。

「もう、やだぁ……。健ちゃんったらぁ……」

コロコロと変わる表情に、健作はほとんど翻弄《ほんろう》されている。

「で、なんだっけ……。そうそう、ミニコミ誌の名前は、おいおい考えるとして、編集方針よね」

言いながら対面に座っていた瑠璃子が、健作の隣に座りなおした。どぎまぎする健作をよそに、自らが持ち込んだノートパソコンを開き、参考になりそうなミニコミ誌をあれこれ検索しはじめる。

細い指先がマウスを操作する仕草が、なんとなく色っぽい手つきに見えてくる。

ふと視線を落とすと、起毛素材のこげ茶色のミニスカートから黒レギンスに包まれた太ももを悩ましく覗かせていた。

瑠璃子の最大の魅力と言えば、そのすらりとした美脚にある。小柄でありながら、どうしてそんなに脚が長いのだろうと感心するほどで、カモシカのような美しい脚とは、彼女のためにあるような表現だとも思った。

「毎回いくつかのお店を紹介するのと、お得情報を掲載するでしょう……。あと、商店街のみんなにお願いして、各お店のクーポンなんかも載せるといいよね」

モニターから視線を離さないまま瑠璃子が問いかけてくる。

その挑発的と言えるほどの肢体は、何度もちら見を繰り返さずにいられない。

「うん、お店の紹介ね、いいんじゃない。クーポンもＯＫ」

次々と変わりゆくモニター画面に意識を向けようとしても、やはり彼女の存在が気になってならない。

太ももをちら見しながら二の腕を触れ合わせ、さらにはふんわりと漂ってくる甘い体臭を吸い込むと、あらぬ思いが刺激されてしまうのだ。

（うわああ、やばいっ！　太ももばかり見ていたらばれる！）

だからといって瑠璃子の胸元に視線を張り付けるわけにもいかず、その横顔へと視線を移した。するといつの間にか、やわらかな輝きを放つ黒水晶のような瞳が、こちらをまっすぐに見つめていた。視線が絡まり、微妙な空気が生まれた。

気を利かせたつもりなのか祖父は、瑠璃子が来てすぐに、「婆さんの見舞いに行く」とそそくさと出かけてしまっている。

（うわあ、ドキドキする。目が合うだけで、いけない気持ちになるぞぉ……）

桜色の唇を掠め取りたくてしかたがないが、さすがに思いなおし、こほんと咳払いを一つした。

第一もっと真剣に取り組まなくては、こうして手伝いに来てくれた彼女に失礼だ。

「とりあえず、商店街のみんなに、どういうミニコミ誌か知ってもらわなくちゃ」

必死に頭をミニコミ誌に戻そうとする健作を、知ってか知らずか瑠璃子がクスクス笑う。

「続けるためには、初めから力《りき》まずに、できることからやろうよ。ページ数もあまり多いと負担になるからA４の二つ折りくらいかなあ……。ああ、ねえこんな感じよくない？」

スクロールしていた指先が右クリックすると、可愛い雰囲気のミニコミ誌が大写しとなった。

「へえー。何か素朴な感じだけど、いい感じだぁ……」

真剣に覗き込む健作の肩に、ぐいっと瑠璃子の肩が押し付けられる。

細身と見えた彼女でも、その肉感は想像以上にやわらかい。

「でしょう？　でも、このまま真似《まね》するわけにもいかないよね。ってことで、お気に入りに追加しておいて、あと他にぃ……」

「そおかあ、こういうミニコミ誌ってホームページと連動しているのが多いんだねえ。ってことは、ホームページも作らなくちゃならないのかあ」

走馬灯のように変わりゆく画面に、健作は溜息のようにつぶやいた。ホームページを制作するとなると、相当な手間がかかるであろうと思われたからだ。

「うん。そうだよねえ。ウチの商店街も、店主の高齢化が進んでいて、てんでこの手のことに疎《うと》かったから……」

「ホームページとなると、見栄《みば》えも必要だからプロに作らせた方がいいかも」

「そうなんだけど、そんな予算取れないよ。理解してもらうのが大変。だからこれまで手つかずだったのだし」

瑠璃子の言っていることは解る。けれど、そんなだからこそ時代に取り残され、寂れてしまうのだとも思えてしまう。

「となると、やっぱり手作りかあ。無料のサイトとかソフトを活用して、立ち上げるしかないか。それでもレンタルサーバーの問題とかも考えなくちゃ」

「そうだよねえ。でも、そのくらいの費用なら認められるかなあ」

「そうやって実績積んで、少しずつそっちの予算を認めてもらうしかないか」

思案顔の健作に、瑠璃子が本当にうれしそうに笑った。

「健ちゃんって、本気でうちの商店街のこと考えているのね。なんか、うれしいなあ」

まっすぐにこちらに向けられたその瞳に、少なからずドキリとした。彼女からの自分を見る目が、文字通り違っているのだ。

潤んでいると言おうか、蕩けていると言おうか、色っぽくも美しい。お調子者の健作ならずとも、「俺に惚れたかぁ？」と勘違いしてしまいそうだ。

「み、見直した？」

思い切って聞いてみる。

「うふふ。見直した」

マウスに載せられていた手指が、スッと移動してテーブルの上にあった健作の手の甲に重ねられた。瞬間、甘い微電流が背筋に流れた。

(ああっ、瑠璃ちゃんの手……すっごくやわらかい!)

ほんのり湿った感じもある手指に、健作は胸をざわめかせた。

「ねえ、健ちゃんは、フラワーショップのみわさんに気があるのでしょう……。でもいいわ、私は健ちゃんを独占する気はないから……」

どうやら健作の勘違いではないらしい。

「え、だって、俺、婿養子にはなれないから」

咄嗟《とっさ》に考えたのは、瑠璃子が父の店を継ぐつもりでいることだった。

「ばかねえ。何言ってるの。大丈夫、健ちゃんに責任取れなんて言わないから。うふふ、たまにはそういうことを忘れて、遊びたいの……」

急に大人びた瑠璃子のペースに、健作は惑わされている。否、願ってもない展開なのだから惑っているわけではないのだが、どういうわけか脳裏に早苗の美貌が浮かんでいた。

けれど、早苗も瑠璃子同様、健作を束縛する気はないと言っていた。

「いっぱい恋をして、いい男になりなさい。健ちゃんはまだ若いのだから……。私だってほら、もっと磨きをかけた健ちゃんに抱かれたいわ……」

そんな早苗の気遣いを、健作としてはちょっぴり寂しいと感じないでもないが、年上の人妻らしいやさしさに満ちた言葉だとも感じていた。

「今、私、健ちゃんに、興味津々《しんしん》なの……それに、健ちゃん、さっきから私の太ももばかり見ているよね……」

ぎゅっと握り締められていた手が、ゆっくりと太ももへと導かれた。

4

「る、瑠璃ちゃん……」

さきほどから触れてみたいと願う朱唇が、まるで口づけを求めるように愛らしく窄められている。

まるでホイップクリームのようにふわりとやわらかい太ももの感触に脳髄まで痺れさせながら、朱唇との距離を縮めていく。

爽やかな柑橘系のパフュームとおんなの体臭が、いっぺんに濃厚になった。

小首を傾《かし》げ互い違いに唇を重ね、むにゅんと潰し合う。

やわらかくも、ぽってりとした朱唇を堪能していると、そっと唇がほつれ、舌の侵入を許された。

「あぅ……っく、ふむぉう……ふぅぅっ」

とぎれとぎれに息を継ぎながら、健作は舌を瑠璃子の口腔内で躍らせた。出迎えた薄い舌先が、健作の舌腹を刺激してくれる。かと思うと、今度は、薄い舌が口腔内に侵入してきて、歯の裏側や頬の内側をくすぐられた。

「頭がぼーっとしちゃうよ」

目の前の美女が、なぜそんな気になったのか今一つ判らない。彼女が言うように遊びたいだけなのか、少しでも健作のことを気に入ってくれたのか。それでいて瑠璃子と、こんなふうにできることが、うれしくてならなかった。

「ふうんっ、うぅっ、ほぉぅっ。はぁっ」

甘い口づけを交わしながらも相変わらず健作の手指は、太ももをまさぐっている。

ぴちっと締まっていながらも、ふっくらした感触は、素晴らしいの一言だ。

レギンスの上からであるため、その肌の質感は知れないが、弾力もやわらかさも最高だった。ピンと張りがあるにもかかわらず、指先を受け入れるやわらかさはパン生地のよう。ほのかに伝わるほっこりした温もりも、女体に触れている醍醐味を味わわせてくれる。

「あふぅっ、健ちゃんの手つき、いやらしいっ」

うっとりと濡れた瞳に小悪魔の気配を載せ、瑠璃子が囁いた。

前後不覚の様相で健作は、掌の性感を全開にさせ、ふかふかムチムチな太ももをひたすら撫で回していた。

「え、あ、ごめん」

恐縮して謝ってみたものの、どうしても掌を離す気にはなれない。ずっと触っていたい欲求でいっぱいなのだ。

そんな健作を瑠璃子がクスクスッと笑った。

「健ちゃんって本当に素直。いいよ。もっと触っても。ほら、そっちの手も……」

空いていたもう一方の掌も、太ももに導かれる。

鉤状《かぎじょう》に丸めた掌を太ももに滑らせる歓び。いつしか健作は前のめりになって、夢中で美脚をまさぐっていた。

「あん……」

鼻にかかった声で、瑠璃子が啼いたのは、手指が内ももに掛かった時だった。

ビクンと、艶めかしい震えも起きた。

うれしい反応に、もう一度同じ場所をまさぐってみる。

「んんっ、あ、ああん……」

内ももの特にやわらかいお肉には、彼女の性感帯があるらしい。

ねっとりした手つきで、ミニスカートの内側にまで指先を侵入させる。

「あん、健ちゃんの指、本当にいやらしい……」

ももの内側の付け根に中指をあてがい、やさしく揉んだ。わざと爪の先を外側に反らせ、女陰のあたりにも悪戯をする。その行為をいやらしいと指摘されても仕方がない。

ついには床にうつ伏せになって、瑠璃子の股間に陣取り、脚線美をうっとりと撫で回した。

「瑠璃ちゃんの脚、ほんとうにきれい。人魚みたい……」

腰高の美脚は、宝石のように光り輝き眩《まぶ》しい限りだ。すんなりと伸びた脚は、美しい流線型のフォルムを悩ましく形成している。ふくらはぎは、まさに若鮎のようで、そこからきゅっと締まって足首へと続くのだ。

「やだ、健ちゃんったら、人魚に脚ないし……。でも、褒められるのうれしいかな」

決してお世辞ではない素直な感想が、瑠璃子のおんな心をくすぐるらしく、うっとりとした表情で触るに任せてくれる。

調子づいた健作は、すらりとした美脚をたっぷりと撫でさすった後、またしても太ももへと立ち返った。

「あうっ、うふん……もっと触りたいの？　いいわ、こうすれば触りやすいでしょう？」

あられもなく美脚をくつろげてくれる瑠璃子。そんな彼女に健作は、ミニスカートの股座《またぐら》に鼻先を擦りつけんばかりにまで接近して、太ももをあやした。

「すごいよ。瑠璃ちゃん。こんなに触り心地のいい太ももは初めてだ」

美肌の下からもうもうと立ち昇る牝フェロモンが、健作を大胆にさせている。ほっこりした温《ぬく》もりが、女体の昂ぶりを伝えるようで、さらに興奮を煽られた。

「あううっ、そ、そんなところ、キスしちゃダメぇ……。う、内もも舐めてるう……。そんなことしていいなんて言ってないからぁっ！」

本能のまま、内ももにぶちゅりと唇を吸い付ける。レギンスの上からとはいえ、さすがに瑠璃子も前屈みになった。けれど、それは健作を咎《とが》めだてするものではない。その証拠に、しなやかな手指が、健作の髪に挿《さ》し込まれ、愛しげに掻き回してくるのだ。

開かれていた太ももの間が狭くなり、健作の頰をやわらかな感触が圧迫した。

「あうん……そこは……そ、そんなやわらかいところばかり……あんっ！　だめよそこは、もう太ももじゃない……」

ミニスカートを鼻先でめくり上げ、限界まで伸ばした舌を、股座の付け根に到達させた。ぴんと張った付け根の筋をレロレロとくすぐり、たっぷりと舐めしゃぶった。

ほんの数センチ左にずれれば、舌先は女陰に到達する。

あたりに漂う濃厚な匂いは、あるいは彼女が吹きこぼした蜜液が源泉かと、夢想するだけで全身の血が熱く滾《たぎ》った。

「ねえ、瑠璃ちゃん、直接触りたい！　これ脱がせちゃダメ？」

見境いのなくなった健作は、返事も待てぬ勢いで細腰にすがりつくレギンスのゴム紐に手を掛けた。

「やっと言ってくれたね。男の子なのだから、どうしたいのかちゃんと口にしなくちゃだめだぞぉ。おんなはそれを待っているの……」

やさしく瑠璃子が、頭にキスをしてくれた。年下の健作を勇気づける仕草だった。

「うふふ、ほら健ちゃん、脱がせてもいいよ」

両腕を床につき、瑠璃子が丸いお尻を持ち上げさせた。

小さく頷いた健作は、ゴム紐に手指を潜らせ、息を詰めながらずり下げた。はやる気持ちを抑え、つるんとしたお尻から剝き取るのだ。

「きゃあ、健ちゃんずるい！　パンツも一緒に脱がせちゃうなんて聞いてないぃ」

レギンスと一緒にピンクのパンティが、瑠璃子の細腰を離れ、一気に太ももまで剝いてしまった。彼女が抗議するのは当然だったが、けれど決して慌てたり、嫌がる素振りでもない。それを覚悟していたかのようですらあるのだ。

動転しているのはむしろ健作の方で、パンティまで脱がせてしまったのは不可抗力でしかない。

「うわあああ、ご、ごめん……ああ、だけど、こ、これって……」

眼下に広がる魅惑の光景に、健作はなす術《すべ》もなく心奪われた。

絹肌の中央にひっそりと茂る恥毛。密《みっ》に茂っているため全体に濃い印象を与える。

毛先に光る滴は、彼女がすでに潤っている証《あかし》だった。

「陰毛がきらきらしてる……」

陶然と健作は、その声を上《うわ》ずらせてつぶやいた。途端に美貌が羞恥に染まる。

彼女自身も、濡らしている自覚があったのだろう。

「もう、健ちゃんのエッチ！　そ、そうよ。私、触られて感じていたもの。濡れて当然じゃない……」

拗ねたように唇を尖らせながらも、瑠璃子が美脚を浮かせた。中途半端に留められているレギンスとパンティを全て脱がせろと催促するのだ。それも目元を赤く染めながら。

「うわっ、瑠璃ちゃん、エロかわいいっ！」

歓声を上げながら健作は、促された通りレギンスとパンティを剝ぎ取った。

「ああ、やっぱり恥ずかしい……」

赤く染めた頰をさらに茹で蛸のように紅潮させて、瑠璃子がつぶやいた。

どんなに奔放に健作を誘惑しようも、やはり彼女は年若い乙女であり、恥じらいは隠せない。

「やだっ、そんなに見ないでよ」

引き込まれるように、頭を起こして覗き込む健作に、怖気づいたように下半身が震えた。

「み、見ないわけにいかないでしょう。瑠璃ちゃんのおま×こだもの……」

ごくりと生唾を吞みこみ、健作は凝視した。

ピチピチと瑞々しい美肌の狭間に、ひっそりと色づく縦割れの淫裂。使いこまれた感じのしない楚々としたサーモンピンクが、目にも鮮やかだ。さらに、その両端を妖しく飾る薄花びらがまるで風にそよぐようにヒクヒクと揺れていた。

「きれいだ……瑠璃ちゃんのおま×こらしく、なんとなくカワイイ！」

「もうっ、だからカワイイって言うな！　これでもか！」

覚悟を決めたように瑠璃子の右手と左手の中指が、膣口の両側から添えられ、ぐいっと肉割れをくつろげてくれた。新鮮なサーモンピンクの粘膜を奥まで露わにし、おんなの発情臭をむんむんと立ち昇らせるのだ。

「うわあ、きれいな肉色……。る、瑠璃ちゃん触ってもいい？」

声を上ずらせてお願いすると、小顔が縦に振られた。

「そんなに真顔で求められたら断れないよ。健ちゃんなら、いいよ……」

やさしく許してくれる瑠璃子に、満面の笑みを浮かべ健作は、ミニスカートの内側に顔を寄せた。

くつろげられた太ももに無意識のうちに掌をあてがうと、びくんと下半身が震えた。

「すごい。瑠璃ちゃん、すべすべだあ……」

水をはじくほどの美肌の触り心地たるやどうだろう。あてがった掌が何もせずとも、つるんと滑ってしまう。思わず頬ずりしたくなるほどの極上肌だった。

「あ、ああん、そんな触り方、くすぐったいよぉ……あ、ああん！」

細《ほ》っそりとした頤が、くんと上を向き白い喉元を晒《さら》した。

「くすぐったいのは、感じる部分でもあるって聞いたよ？」

素晴らしい触り心地に、夢中になって触りまくる。手の甲でやさしくなぞり、手指でやわらかく揉み、ねっとりと掌で擦りながら、様々《さまざま》なやり方でビロードのような脚を愉しむのだ。

ついには、内ももにぶちゅりと唇を吸い付けた。さすがに「あん」と甘く呻き、ものの感覚がせばまるが、それが頬に当たってかえって心地よい。

「ああ、そんなところ……。ううんっ！　確かにくすぐったいけど、気持ちいい……」

素直になった瑠璃子をもっと素直にさせようと、伸ばした舌をまたしても股座の付け根に到達させる。先ほどはレギンスに邪魔されたが、今度はその滑らかな肌をたっぷりと堪能するように付け根の筋を舐めしゃぶる。

「いやん、あ、あうう……か、感じちゃうぅっ」

今にも女陰にかぶりつきそうな健作に、羞恥を煽られたのか、ふるふると頭が左右に揺れる。M字にくつろげられた太ももが、さらに閉じられ健作の頬をむにゅんと圧迫した。

「すっごく瑠璃ちゃんのお肌って、なめらかなんだね。この太ももなんて、俺のほっぺたが溶けちゃいそうになるよ」

いつまでも美脚を撫で回していたいのはやまやまだったが、まるで誘うようにフルフルとそよぐ肉花びらの誘惑には敵《かな》わない。

「ここにも触るよ……」

健作は、顔の位置を微妙に変えて、小さくはみだした肉花びらに狙いを定めた。

5

「ああ、触るならやさしくしてね。でないと、私……」

太ももを両腕で抱え、そのフォルムを撫でさすりながら、鮮紅色の女陰に舌先をあてた。

つんつんと軽く突いてから、花びらの表面に小さな円を描く。

「あうう、そんないきなり舐めちゃうの？　あ、ふぁああ……」

小さく首を蠢かし、舌先をレロレロと振動させせながら、なめらかな粘膜をあやす。

「んんっ……っく、ふあぁっ」

苦しげに息が継がれ、わずかに腰がくねった。

透明な蜜液がじわわーっと滲み出てくる。けれど、健作の愛撫は舌先を触れるか触れないかの繊細さで滑らせる程度だ。

「あ、んん……うっく……はあぁ、はううっ」

ちょんちょんと軽く突くだけでも、瑠璃子は悩ましい吐息を漏らしてくれる。じくじくと濡れが広がった頃合いを見計らい、健作はさらに鶏冠《とさか》のようなびらびらを上下の唇で甘く圧迫した。

「ふぐぅ……っく……はふぅ……んんっ……あぁっ……」

舌先を膣口に入るか入らないかの際どいところまで、その表面に小さな円を描きながら進めていく。右の花びらから左側へと移り、丁寧にやさしくあやした。

ツー、ツツーッ、くちゅん、ぴちゅちゅー。

微かな濡れ音が響くたび、艶腰が悩ましく捩れる。食い縛られていた白い歯列がほつれだし、喘ぎがさらに濡れを帯びた。

「やさしく触っているだけなのに感じるの？　瑠璃ちゃん、敏感なんだあ……」

明らかな反応に気を良くして、健作はさらなる責めを繰り出した。いっぱいに開けた口腔に、花びらを吸い込んだのだ。

「あうっ……！」

女体が反射的に逃れようと、絨毯《じゅうたん》の上をずり上がる。けれど、健作の両腕が太ももに回されているため、逃げ腰にも限界があった。

「ぶぢゅちゅっ……うわああ、瑠璃ちゃんのおま×こ、おいひいよぉっ！」

やわらかな肉花びらを口腔で泳がせ、レロンレロレロレロと舐めしゃぶるのだ。

「あ、ああん、それダメぇっ！　か、感じすぎちゃうぅ……」

紅潮した頬が、激しく振られる。蜜液がどくどくと溢れてきた。

「ふごい！　本当にふごい！　舌がふやけそうなほろ、お汁が出てくる！」

あふれ出た愛蜜が飛沫《しぶき》となって健作の頬を濡らすほどだ。

後ろ手を支えにして上体を持ち上げていた瑠璃子は、そうしているのも苦しくなったのか、ついに女体を仰向《あおむ》けに横たえた。

「おいしい花びら、こちら側も味わわせてね」

呼吸を荒げ身悶えはじめた瑠璃子に、健作はもう片方の肉花びらも同様に口腔に含んだ。

「あふん、あ、あうあああっ……」

細腰が軽く持ち上がり、左右に踊ろうとするように力が入る。けれど、やはり抱えたまのため、その動きは小さなものにしかならない。そのせいか、むしろそれは健作の顔に女性器を擦りつけているようでさえあった。

「瑠璃ちゃん、気持ちよさそう……。もっと、もっと気持よくなってね……」

あれほど愛らしい瑠璃子が乱れると、そのギャップからか一種壮絶な色香が発散される。濃厚な牝フェロモンを皮下や女陰からもうもうと立ち昇らせている感じだ。

そんな瑠璃子に魅入られた健作は、太ももを抱えていた右腕を移動させ、透明な蜜液を指先に馴染ませた。

ぬめ光る中指をピンと伸ばし、そのまま秘唇の中にぬぷぬぷっと埋めた。

「あ、ふむむむうっ……！」

愛らしい美貌が強張り、ショートカットの髪が左右に揺れた。

健作の愛撫を受けるほど、その美貌は冴えていく。その艶姿を網膜に焼き付けながら、人差し指と薬指の背中を花びらにぴとっと密着させた。中指が付け根まで埋まったところで、肉孔をほじるようにくいっくいっと蠢かせる。

「す、すごい！　瑠璃ちゃんのおま×こ、指を求めて絡み付いてくるっ！　指先が襞々《ひだひだ》に持っていかれるよ」

「いやん、恥ずかしいこと言わないで……」

汁気が増すにつれ、粘り気も強くなり、ゼリーを攪拌《かくはん》させているようだ。

ぬぷ、にちゅん、くちゅくちゅ、ぬぽ、くちゅ、ぐちゅんっ——。

入り口付近で戯れ、ぐぐっと奥深くまで突き挿す。

指先をくいっくいっと蠢かせては、膣壁をやさしく掻いてやる。腕を前後させて、リズミカルな出し入れも忘れない。

「ああん……あふあっ、んんっ、あんんっ……うっく、うああっ、ああんっ、んああぁっ……」

我慢の限界を超えたような喘ぎが、次々と搾り出される。さすがに恥ずかしいのか瑠璃子は、右手の人差し指を噛んでいる。それでも艶声は、あられもなくオクターブを上げ、切羽詰まった様子をみなぎらせている。

ミニスカートを穿いたままの細腰が、いやらしい波打ちをはじめている。ピチピチの太ももが、ぐぐっと内またになり、若鮎のようなふくらはぎにも緊張が走った。

「うぐぅう、ああ、もうダメぇ、瑠璃子、イキそう……っ！」

「いいよ、瑠璃ちゃんのイキ顔を見せて。瑠璃ちゃんのこんないやらしい姿を見られて、俺、最高に幸せだよ」

手指の抜き挿しを二本に増やし、さらに激しいものへと変化させた。

束ねた指への締め付けも倍加するが、それは悦びの証と思い、嬉々として蹂躪《じゅうりん》した。

アイドル張りの幼馴染が、ついにアクメを迎えようとしているのだ。鳥肌がたつほどのうれしさを噛みしめながら、膣孔を抉る指をいよいよ忙《せわ》しなくさせた。

「ほらもっと、気持よくしてあげるよ。これならイケるでしょう？」

健作は再び顔を股間に近付け、受け口にして女陰へと向かった。

そこに立ち昇る濃厚フェロモンを肺いっぱいに吸い込んで、ツンとしこった肉芽にぶちゅりと口づけをした。

「ひうっ、クリトリスだめぇ～～っ……気持ちよすぎて、おかしくなるぅ～っ」

充血した女芯をぞろりぞろりと舐め上げると、ぐぐっと腰が反らされる。そのまま腰を押し付けるように揺らしてさえくる。乙女の恥じらいを忘れ、健作が与える官能に溺れてくれるのだ。

「あ、あああ、感じるっ……。瑠璃子、もうイッてるよぉ」

切羽詰まった掠れ声。太ももがぶるぶると震えだし、しきりと健作の頬にあたる。

湧きあがる快感に、瑠璃子の足の裏が拳を握るようにギュッと丸まった。

「瑠璃ちゃん、イッてるんだね？　はふう……ぐちゅるるるっ……エロいイキ顔最高だぁ……ぶぶぢゅぢゅうるる」

　双臀をぐんと持ち上げ、左右にうねくねらせ、腹部を荒く上下させて、瑠璃子がよがり悶える。抗えぬ快感を必死で一つずつ乗り越えている。官能を貪るように味わう幼馴染は、凄絶に色っぽい。

「くふうう、もうだめぇ、許して……大きいのが来ちゃいそう……っくぅ……」

　妖しく上下する細腰を両腕で摑まえ、頬を真っ赤にさせて、彼女の一番敏感な肉芽を吸い付けた。

「あ、あああっ……だめえぇ〜〜っ……吸わないで、ああっ、イクぅっ!!」

　鮮烈な快感に、細腰が跳ねた。びくんびくんとあちこちの筋肉を痙攣させている。張り詰めていたものが崩落するような、そのアクメは凄まじく大きなものだった。

「まだイケそう？　遊び足りないんでしょう？　……瑠璃ちゃんがあんまりカワイイから、意地悪したくなる……。ほら、ほら、もっとイカせるよ……」

　ひくつく女陰に言い聞かせるように囁いた健作は、唇に挟んだ肉芽をくりんと甘く潰し、そのまま摘《つま》み取った。指二本をふたたび肉孔に挿入させ、躊躇《ちゅうちょ》なくかき回す。

「あ、ああ、ぐうううっ……ああ、すごい……意識が飛びそう……ああ、またくるっ……だめっ、瑠璃子、イッちゃうよぉ〜っ！」

クリトリスをぐりぐりと揉み潰し、くにゅんとなぎ倒す。どろどろにぬかるんだ肉襞を絡めとり、ぐちゅぐちゅんと蜜液と共に掻き出してやる。健作の若さに任せた暴走も、兆しきった瑠璃子には快感でしかない。

官能に溺れる表情が、わなわなと唇を震わせて悲鳴を上げた。

「はうううっ、イックぅ〜〜っ！」

白く練り上げられた愛蜜が、ドクンと膣奥から吹きこぼされた。続いたのは、全身にこむら返りが起きたような引き攣《つ》れ。しなやかに背筋がぐんと反らされ、虚空《こくう》にブリッジを作る。繊細な淫毛までを逆立てて、美女はイキまくった。

6

絶頂の余韻に身をうねらせる瑠璃子。秀でたおでこを脂汗で輝かせ、なす術もなく悦楽に身をゆだねている。

荒く上下する胸元がようやく落ち着くと、翼のように両手が広げられた。

「ごめんね健ちゃん、私だけが気持ちよくなっちゃって……」

その腕の中に、健作は滑り込んだ。

「とっても気持ちよかったよ……こ、今度は、健ちゃんの番……。挿入《い》れさせてあげる」

「ええっ、エッチさせてくれるの？」

期待していたことが現実となりはしても、どこか信じられないような思いもある。こんなにカワイイ人がいるのかと思うほどの看板娘と結ばれるなんて。

「健ちゃんとならいいよ……。ううん。ほんとは健ちゃんとしたいの」

言いながらもなお、瑠璃子は悩ましげに太ももを擦り合わせている。本気で、ヴァギナに埋めて欲しいのだろう。

「イッたばかりなのに、私、ふしだらね……」

くりっとした瞳がじっとりと潤むのは、壮絶なまでに色っぽい。

透明度の高い素肌全体が朱に染まり、ゾクゾクするほどの官能が滲み出ている。

「それじゃあ。これも脱いじゃおうか？」

健作はのしかかっていた女体の上から半身を起こし、瑠璃子の上半身からオフホワイトのニットを剝ぎ取った。

「健ちゃん、おねがい、はやくぅ」

純白のキャミソールも手早く脱がせると、薄紅のブラジャーだけを身に着《つ》けたスレンダーな女体が露わとなった。

シフォンケーキのようなブラジャーにやさしく包まれた胸元は、やや小ぶりながらも身体の線が細いせいもあって、思いがけないくらいに豊かな印象だ。

「ああ、やっぱり、瑠璃ちゃん、綺麗だぁ……」

呆《ほう》けるようにつぶやく健作の下半身に、膝立ちした瑠璃子の腕が伸びてきた。

アクメの余韻に気だるげながらも、健作を待ちきれないとばかりに腰のベルトを外し、ジーンズをずり下げてくる。

「うふふ、健ちゃんも待ちきれないでいるのね」

ジーンズの圧迫から解放された柄《がら》パンの前部分が、ぶるんと震えて飛び出していた。痛いくらいに大きく膨らませていたから、その勢いも凄まじかった。

「だ、だって瑠璃ちゃんが、まぶしいくらいに素敵だから……」

照れまくりながらも健作は、しなやかな背筋にその手を伸ばし、手探りでブラのホックを外した。

両腕に瑠璃子の美肌が微かに触れるだけで、なんとも言えない心地よさにくすぐられる。

「全部、脱がされちゃった……そんなに見ないでよぉ……恥・ず・か・し・いっ！」

おどけることで、羞恥心を押し殺そうとしているのだろう。これまで健作が目にしたことがないほどの、健康的で清潔な色香が発散されていた。

Cカップ程の乳房ながら、瑞々しくも初心《うぶ》な印象を与えてくれる。薄紅《うすべに》の乳暈の中、恥じらうように乳首が顔を隠している。清純派アイドルのような瑠璃子には、なんともふさわしい気がした。

「健ちゃんもパンツ脱いじゃおうね」

あっけらかんと乳房を晒しながら、瑠璃子は健作の最後の砦《とりで》を剝ぎ取った。

勢いよく零れ出たペニスが、ぶるんと震えながら天を衝《つ》いた。

「お、おっきい……。健ちゃんって、こんなに大きいんだぁ……」

熱を孕《はら》んだ一物《いちもつ》に、ツヤツヤの頰をさらに紅潮させて、瑠璃子がつぶやいた。

「これが瑠璃子の中に挿入《はい》るんだね、健ちゃん、いいよ、して……」

膝立ちしていた女体が、すとんとお尻を絨毯につき、再び両手を開いた。両膝もM字にくつろげ、健作を妖しく誘ってくる。

「お願い、健ちゃん。瑠璃子を抱いて……」

健作も床にお尻を落とし、上体を前かがみにさせて女体に近づいた。

二十三歳の肉体は、十二分以上に大人のおんなとして成熟していながらも、どこか初々《ういうい》しさを残している。その象徴である乳房へと両手を伸ばし、掌ですっぽりと覆い尽くした。

「んっ……」

ぴくんと震えたものの、瑠璃子は決して拒もうとしない。むしろ胸元をややそらし気味にして、健作のやりやすいようにしてくれる。

すべやかな果実は、触れてみると思った以上にやわらかかった。指先がすっと乳丘に呑みこまれていく。それでいて心地よい弾力で反発もしてくる。むぎゅっと絞れば、新鮮な果汁が滴り落ちるのではないかとさえ思われた。

恥じらうように乳暈に隠れていた乳首が、きゅっと揉み絞ると何事が起きたのかと少しだけ顔を覗かせる。

「あふうっ、あ、ああん……やさしい触り方……誰に教わったの？」

朱唇をつんと尖らせて拗《す》ねたような口調で問い詰めてくる。それでいて、答えなど求めていないことは、鈍感ぎみな健作でも判った。

「瑠璃ちゃんの乳首カワイイ……。かくれんぼしているみたいだね」

櫓《ろ》を漕《こ》ぐようにして両膝を動かし、さらに瑠璃子との距離を縮める。

間近にきた乳肌に顔を寄せ、小山のふもと部分からずずずずっと舐め上げた。

「乳首のことはカワイイって言われるとうれしいかなぁ。気にしてるから……」

陥没した乳首の持ち主は、それにコンプレックスを抱きやすい。瑠璃子もまた、それに引け目を感じていたのだろう。普段、颯爽《さっそう》とした彼女にも、こんな劣等感があることが意外だった。

「大丈夫、本当に可愛いから。それにほら、恥ずかしがりやな分、感じやすいってことかも……」

顔を覗かせた乳頭を、つんつんと指先で軽く突いただけで、びくびくんと女体が派手に震える。

「ほら、ほら、感度抜群だぁ！」

嬉々として健作は、乳房を責めていく。

内心では、そのコールドクリームのような滑らかさに舌を巻いている。彼女が好んで使うパフュームがそう連想させるのか、フルーツ系のスイーツに口づけしていると錯覚をしそうなほどだ。

左右の下乳のあたりを掌で擦り、ぺろぺろとソフトクリームでも舐めているように乳房を舐めまわした。

「あああん、あ、はあぁ……」

甘く身悶える瑠璃子の、くびれた腰に手を添え、ぐいっと自らの側に引き付ける。小柄な彼女だからさほどの力もいらない。急接近した女体を、健作はひょいと持ち上げ、胡坐《あぐら》をかいた自らの足の上に載せてしまった。

「えへへっ、こんなふうにするのもいいでしょう？　ラブラブって感じで……」

積極的に太ももをくつろげ、膝上に跨る瑠璃子。

「私たちラブラブなんだぁ……」

照れたような表情ながら、八重歯を覗かせて愛らしく微笑んでくれる。

（すっごく色っぽいのに瑠璃ちゃん、きゃわわゆいっ！）

高まる情感に菊座をギュギュッと絞り、滾るペニスを引き付ける。

先走り汁がどぴゅんと吹き出し、いつでも結合可能な状態になった。

「瑠璃子から健ちゃんに跨っているのって、いけないことをするみたいで、ちょっぴりドキドキするぅ」

太ももあたりにあった女体が、じりじりとその位置をずらしはじめ、やがて勃起粘膜が繊細な草むらと擦れた。

腰のくびれにあてがった掌で、微妙に位置を探る。瑠璃子も腰位置を変えさせて、粘膜同士が触れ合う部分を探っている。

ぴとっと濡れ音を聞いた気がした。

互いが腰を微妙に振り、的確に切っ先が女性器の中心部にくるように最終調節すると、自然に亀頭部が肉の帳《とばり》をくぐった。

「んうっ、んんん……」

きつい入口がぢゅぷぷっと勃起部を呑み込んでいく。

「あんんっ、大きいっ、ああ、健ちゃんの大きいっ！」

エラ首までが生温かい粘膜に包まれると、あとはズブズブズブと呑み込まれていった。

「ああ、すごい、奥まで届いちゃうっ……こんなの初めてぇ……」

頬を紅潮させて、瑠璃子が呻いた。

対面座位の交わりで、しかも健作は胡坐をかいているから、根元まで埋まったわけではない。それでも、小柄な瑠璃子だから子宮近くにまで達したらしいのだ。

「瑠璃ちゃん……」

昔ながらの木造の建物の部屋だから、エアコンを効かせても肌寒い。にもかかわらず、二人は共に顔を真っ赤にさせ、うっすらと汗までかきはじめている。

健作は、激情とやるせなさに腰をぐんと突き上げた。本能的に両手を伸ばし、瑞々しい膨らみを下乳からすくい取る。

「あっ、待って……もう、肌が敏感になり過ぎていて……あ、あああっ」

それでも高ぶりきった健作は、むにゅにゅっと乳房への愛撫を止《や》めようとしない。

揉み絞るたび、悩ましい呻き声が朱唇から零れ落ちるからだ。

しかも、瑠璃子が啼くと、肉襞が蠢くように吸い付き、いやらしくうねくりまわる。

まるでヴァギナ全体が別の生き物であるかのように蠕動《ぜんどう》するのだ。

「な、なにこれ……ち×ぽが瑠璃ちゃんにくすぐられる……中で、蠢いてるよぉ」

見下ろす幼馴染の瞳が潤みを増し、目元を紅潮させている。激しくなった呼吸に、乳房が大きく波打っている。

「すごいよ。瑠璃ちゃんのなか、やばいくらい気持ちいい！」

「健ちゃんだってすごいよ。お腹の中におち×ちんがあるだけで、イッてしまいそうになるの。ああ、太くて、硬くて、それに熱い……」

うっとりした表情が、健作の顔に近づいた。

口角《こうかく》の上がった愛らしい唇が、ぶちゅっと健作の同じ器官に重ねられた。

「瑠璃ちゃん、きれいだよ……」

離れゆく唇に甘く囁きかけると、うれしそうに瑠璃子が微笑んだ。

「健ちゃんも素敵……っ」

　小作りな手指に顔を包まれ、やわらかくなぞられる。ふっくらとした朱唇が、頬や瞼、鼻の頭に押し当てられ、再び熱く唇に重ねられた。

　その間もずっと勃起は膣襞にあやされている。細かい蠕動と収縮に、みるみる感覚をなくしていく己《おの》がペニス。やるせない射精衝動に、屹立が激しく疼いた。

「すごく温かくって、中でうねうねして、超気持ちいい……。ち×ぽが溶けそうだ」

「私も、瑠璃子も気持ちいいっ……。健ちゃんが悦んでくれるのも誇らしいっ……ああ、でも、本当に大き過ぎて壊れちゃいそう……」

　きつすぎる太さと長さに下腹部が重く痺れるのか、瑠璃子は結合したまま太ももをモジつかせている。

「ほんとうに気持ちいいっ……こんなにいいセックス久しぶり……。ああ、奥で擦れて火がついちゃうぅ！」

　悩ましく細腰を捩り、奔放に本音を聞かせてくれる。しかも、悦びが高まったのか、柔襞の蠢動がさらに大きなものとなっている。

「こうしてじっとしているだけでも、性感が高まって身体が火照《ほて》ってきちゃう……。ねえ健ちゃん、動かしてもいい？　瑠璃子、もうじっとしていられない」

発情を露わにした幼馴染は、もう一度健作の唇を求めてから、細腰をゆっくりと引かせた。苦しげにも映る表情を浮かべながら、少しだけ腰が前後する。途端に、くちゅくちゅんと淫らがましい水音がたった。

「うおっ！　ちょい待ち。瑠璃ちゃん、やばい。ストップ！」

あわてて健作は腰のくびれに両手をあてがい、その前後運動を妨《さまた》げた。

「ええっ、どうしてぇ？」

せっかく沸き上がりかけた愉悦をあきらめるのはつらいらしい。不満そうに、瑠璃子が唇をつんと尖らせた。

「だ、だって俺だめだっ……。めちゃくちゃよすぎて、出そうっ！」

早撃ちしそうな自分に、情けなく思いながらも悲鳴を上げずにいられない。絶え間なく襲いくる射精感に、懸命に歯を食いしばった。

「いいんだよ。健ちゃん、瑠璃子は一度イッてるのだし、今度は健ちゃんの番。ね、瑠璃子の中に、全部ちょうだい」

励ますようなやさしい物言いに、健作は感動を覚えながら、こくりと大きく頷いた。

満足そうに微笑みながら、瑠璃子がゆっくりと細腰を退《しりぞ》かせていく。

「ぐはああ、いいよ。ああ、ち×ぽが蕩けていきそうだ」

自らも快楽に耽《ふけ》るためか、亀頭のエラ首を淫裂上部の敏感な場所に触れさせる瑠璃子。互いの快感がバチバチッと電撃のように弾《はじ》け、一段階上の官能が押し寄せる。

「あはあっ……射精してぇ……瑠璃子のおま×こに、いっぱい出してぇ……」

急速に上昇する愉悦に、幼馴染のヒップの揺さぶりは我を忘れている。

「うぐううっ、そ、それ、いい！　超気持ちいい！」

はしたない尻振りを自覚してか目元を上気させている。それでも、いったん動き出した腰づかいは止まらない。ずりずりと臀肉を肉塊の根元に擦り付けるように前後させるのだ。

尻たぶのピチピチ肌が、太ももを滑らかに擦っていく。肉路のあらゆる部分が、健作を悦ばせる淫具と化し、凄まじい官能が掻き立てられた。

「おち×ちんが膨れてきたっ、もう射精《で》そうなのねっ！」

さらなる追い打ちをかけるように、艶臀が持ち上げられては沈み込むを繰り返す。

「あはんっ……あぁん……はあぁ……け、健ちゃんっ、早くイッて……でないと瑠璃子……ああ、イッちゃいそう！」

健作の首にすがりつき、ぐちゅん、ぶちゅんと抽送させる瑠璃子。膣奥まで迎え入れたまま、ずりずりと腰を練り込み、奥の奥に亀頭を擦らせる。

「ぐはっ！　うがぁあああっ……瑠璃ちゃん……ああ、瑠璃子ぉ！」

「あふん、健ちゃんのおち×ちん、すごいぃ……腰がっ、ああんっ、勝手に動いちゃうっ」

幼馴染のたゆとうていた官能の堰が切れたようだ。愛らしい頬を強張らせ、セクシーによがり啼いている。

「ああんっ……いいっ、気持ちいいっ！」

健作を官能に導くための腰振りは、いつしか汲めども尽きぬ自らの愉悦を追って、その振り幅を増した。

淫蕩に細腰がひらめくと、瑞々しい膨らみがぶるるんと上下する。肉房に隠れていた乳首も今やツンツンに勃起して、その興奮度合いを露わにしている。

「ふおぅ、はあぁん、ふううぅぅ」

たまらなくなった健作が、瑠璃子の腰付きに合わせて突き上げると、肉房はさらに大きく踊った。

「瑠璃子のおま×こよすぎて、俺、もうだめだあっ……」

「ああ、瑠璃子もイクッ！　もうだめ……イッちゃううっ！」

共同作業で絶頂へと向かう二人。せわしなく腰をぶつけ合い、牡牝の粘膜を擦らせている。

「健ちゃぁんっ！」

くびれ腰にあてがった手で、軽い女体を持ち上げては落とし、ゴンゴンと子宮壁を突き破らんばかりに出入りさせる。

「ああっ、イクッ……イクぅ〜〜うぅっ！」

やわらかな肉花ビラを巻き込み、肉塊を何度も何度も嵌《は》め倒す。凄まじいまでの快感に頭の中を真っ白にさせ、ひたすら抜き挿しを繰り返した。

「瑠璃子っ！　イクよっ！　ああ、射精《で》るっ！」

肉傘を限界まで膨らませた。続いて起こる痙攣のような射精。濃厚で多量の精液を、ドッドッとまき散らした。

膣いっぱいに白濁汁が広がると、胎内温度が急上昇した気がした。

「あうんっ！　あ、熱いっ！　あつい〜〜ぃぃっ！」

灼熱の精液に焼かれ、瑠璃子が二度目三度目のアクメに喘いでいる。激しい絶頂に晒された幼馴染は、朱唇をパクパクさせて酸素を求めた。

瑞々しい肉体のあちこちが、悩ましくヒクついている。しかし、健作の射精発作は、激しい興奮に晒されたせいか、なかなか止まろうとしなかった。

「こんなに？　あぁ、こんなにたくさん？　お腹の中がいっぱいになるっ」

精液で子宮を満たされる感覚を瑠璃子はそう表現した。

オルガスムスに浸り続ける彼女に、健作は熱っぽく乳房を弄《もてあそ》びながら、うっとりと見惚れていた。

第三章　青果店妻の桃尻

1

「健ちゃん、こんにちは……」

「あら、健ちゃん、ご苦労さん。精が出るねえ」

健作が商店街をスクーターで流すたび、そこら中から声がかかるようになっていた。

それぞれの店の店主はもちろん、ここを訪れる客たちのほとんどが馴染みとなり、皆が気さくに声をかけてくれるのだ。

おっちょこちょいで、憎めない性格が可愛がられているのだと、調子良く健作は自己分析している。

お蔭で悪いこともできないが、ちょっとした有名人のようで、悪い気はしない。

何よりも、商店街に活気が出てきたように感じられ、それがうれしかった。

「毎度で〜す。竜神商店街をよろしくお願いしま〜す」

カブで徐行しながら、ニコニコ顔で愛想よく挨拶する姿は、「まるで選挙にでも出馬する候補者みたい」に映るらしい。瑠璃子から、そうからかわれても、一向に気にしない健作だった。

「えーと、次の御用はおむつと化粧水だっけ。もちろん花畑《はなばたけ》薬局だな……」

御用聞きのために使っているメモ帳を確認し、健作はひとりごちる。

花畑薬局のまくらに「もちろん」が付くのは、健作の頭には、店主の石垣《いしがき》まなみの存在があるからだ。

美人揃いの竜神商店街の婦人部にあって、まなみは一、二を争うほどの美貌を誇っている。

雪花美白の色白肌は、商売柄そのお手入れと健康管理に余念がないためであろうか。つやつやに光り輝いて、しかも透明度が深いのだ。

細面《ほそおもて》の瓜実顔《うりざねがお》に、クリッとした大きな瞳は、目力《めぢから》が強く、アイラインなど必要がないくらいキリリとしている。ぷっくらとした涙袋が、人妻ならではのたまらない色香を添えていた。

鼻筋は美しく通り、その割に鼻腔は小ぶりだ。唇はぽってりと官能的な印象で、彼女が好んで使うアプリコットのルージュがよく似合う。

非の打ちどころがないほど完璧で、あまりに日本人離れしているため、出会った当初は北欧人あたりとのハーフかと思ったほどだ。

それほどの美貌な上に、薬剤師の免許を持つほどの知性を兼ね備えたクールビューティ妻がまなみだった。

「こんちは〜。健作で〜す」

商品棚が迫る花畑薬局の入り口で、健作は元気よく声を張り上げた。

最近の健作は、御用聞きの用件の時には、「河野クリーニング店で〜す」とは言わない代わりに自らの名前をアピールするようにしている。

そんな挨拶も、「選挙の候補者のよう……」と言われてしまう所以《ゆえん》かもしれない。

「あら、健作くん。いらっしゃいませ」

お目当てのまなみが、美しい所作《しょさ》で店の奥から姿を現した。

（うわああっ、まなみさん、今日もお美しい……）

泉の如く心に湧き上がる賛辞も、彼女を目の前にすると、上手く言葉にならない。

お調子者の健作にしては珍しいことだが、それほどまでにまなみが美しいということだ。

「あ、あの……。今日は、おむつと化粧水を頼まれまして……その……」

照れまくる子供のように、しどろもどろになりながら、健作は用件を伝えた。

「うふふ。ご苦労様……。健作くんのお蔭で、うちも助かるわ」

厳密に言えば御用聞きと言えども、対面販売が基本のクスリを代行して買うわけにはいかない。だから、まなみの店で、健作が役立てることは限られている。にもかかわらず、礼を尽くしてくれる彼女に、健作は心蕩かせた。

整い過ぎて、一見するとクールにも映る彼女だけに、やさしく言葉をかけられると、それだけで泣き出してしまいそうなほど感激してしまう。

「助かるなんて、そんな、ぼ、僕は何もしていませんよ」

普段は、僕などと言わない健作も緊張の度が過ぎて、言葉遣いがおかしくなっている。

「あら、ほんとうに健作くんは凄いと思うわ……。行動力があって、とっても頼りになるし……。何よりもこの商店街のことを考えてくれて……。この間のミニコミ誌も、評判よ。うちでもお客さまが、クーポンを利用して下さったわ」

ショーケースから注文の化粧水を取り出しながら、まなみは健作への賛辞を惜しまない。

それだけで、寝る間も惜しんでホームページまで制作し、ミニコミ誌の創刊に漕ぎつけた甲斐があったというものだ。

他所《よそ》でもミニコミ誌につけたクーポンが、ちらほら使われていると耳にしている。

「組合の方からも、予算付けをしてはどうかって、この間の寄り合いで議題に上ったのよ」

瑠璃子は父親がいるから商店街の組合に顔を出すことはめったにない。祖父も祖母のことがあって、しばらく出席していない。だから、その話は、健作も初めて聞くものだった。

「本当ですか？」

耳寄りな情報をもたらしてくれたまなみが、女神《めがみ》さまのように見える。ただでさえ後光が差しているような人だからなおさらだ。

「あら、健作くん初耳？　あの雰囲気なら恐らく次の会合では、決まると思うわよ。私もできるだけの口添えをしておくわね」

やわらかな笑みが向けられると、お日様にあたっているような心持ちがしてくる。

「えーと、おむつは、乳児用のものでよいのかしら？」

ショーケースの裏から出てきた彼女は、今度は商品棚の下の方でかがんだ。

細身なのにそこだけがギュンと前に突き出したようなボリュームたっぷりの乳房が、その重みで白衣の下の紺のセーターを前に大きくたわめさせる。

まなみは、肉感的でゴージャスボディの持ち主でもある。女性にしては身長も高いため、モデル顔負けのプロポーションなのだ。

(うわあ、まなみさんのおっぱい凄すぎ！　人妻ってどうしてこんなに色っぽいの？)

見事に張り出した艶腰からも、目が離せない。

ボン、キュ、ボンの二十七歳のメリハリボディは、やはり入念なお手入れと努力のたまものなのだろう。

健作は、目の保養をたっぷりして、まなみから商品を受け取った。

2

「健作く〜ん！」

一通り得意先を回りきった健作は、またしても途中で声をかけられた。

名前と顔が売れてきた健作だから、それもまた商店街の宣伝につながると、スクーターの速度はあまり速めないようにしている。

呼び止められて、御用を申し付かることも増えていることもあった。

「はいは〜い。健作で〜す」

スクーターを止め、まるで芸人のような返事をして振り返る。

女性らしいフェミニンな雰囲気のべっぴんさんが、やわらかな笑みを浮かべ、こちらに手を振っていた。

間もなく三月の声が聞こえるとはいえ、まだこの時期夕刻は暗くなるのが早い。けれど、暮れなずむ夕日は、その女性の顔が判別できないほどでもない。

「あれ、えーと、どちら様でしたっけ？」

ヘルメットの庇《ひさし》をくいっと手で上げ、声をかけられた相手の顔をまじまじと見る。

それが竜神青果店の友田梨乃と認識するまでしばしかかった。

「何よ、今、本当に私って判らなかったでしょう……」

紺のエプロンに作業帽姿の彼女に見慣れ、女性らしい普段着姿と見違えたのだ。

化粧っ気がなくとも、梨乃が整った顔立ちをした美人であると知っている。けれど、今日の彼女は、どんな男たちも振り返らせずにいないほどの美女オーラを振りまいていたのだ。

「いや、その、梨乃さん。何かきれいなんで、見違えちゃいました」

彼女も商店街の近くに住む主婦の一人だから、この近辺を回る健作と行き当たって不思議はない。けれど、普段とはまるで違った印象に、健作は胸をときめかせた。

ギャップが相手を意識させるとは、本当のことだと思い知った。

「お店と、そんなに違うかなあ？　おんなを捨てているとか言われるもんなあ……」

肩を落とすように、梨乃が溜息をついた。

話をすると、やはりいつもの梨乃で、なんとなく安心した。

「え、いえ、その……。おんなを捨ててるなんて……。でもほら、いつもはあまり化粧っ気もないのに、今日は、なんかこう……」

別人みたいと続きかけた言葉に、まるでフォローになっていないことに気が付き、あわてて呑み込んだ。

「あはは、そっかやっぱり私、普段はおんなを捨ててるように見えるんだね」

「でも、いつもの梨乃さんが、話しやすくて俺は好きです。もちろん今日みたいな梨乃さんも、すっごく綺麗で、ドキドキするけど……」

健作は、顔を真っ赤にさせながらも、素直に本音を吐いた。

ダウンジャケットをはおり、グレーのカーディガンに白いブラウス、下半身は七分丈《たけ》のスリムジーンズというシンプルな姿だったが、ふっくらと持ち上げている胸元などは、想像していた以上に豊かで目のやり場にも困るほどだ。

「うふふ。まあ、いいわ。今日私、お休みなの……。うちで、お茶でもしていかない？」

威勢よく啖呵売をしかける梨乃が、いつになくはにかむように誘ってくれている。その魅力にもちろん抗うことができない健作は、ふらふらと誘いに乗ることにした。

「すぐ、そこなのよ。小さな家で、恥ずかしいけど……」

「あ、じゃあ、そのお荷物、俺が持ちます」

買い物帰りだったのだろう。梨乃が両手にぶら下げていた袋に、手を伸ばした。

「そんな、いいよぉ。私が、か弱い女じゃないこと、健作くんも知っているでしょう」

笑いながら辞退しようとするその手から、けれど健作は買い物袋を半ば無理やり受け取った。

しっとりとした手のやわらかさに触れ、いつも以上にドキリとする。甘手《あまで》と呼べるその感触に、びりりと微電流に打たれたようだ。途端に、肉感的な女体も意識され、健作はだらしなく崩れる相好を立て直すのに必死だった。

3

「あら探ししないように。散らかしっぱなしで、恥ずかしいから……」

案内された室内をきょろきょろと見渡す健作に、恥ずかしそうに梨乃が言った。けれど、フローリングの居間は、掃除が行き届き、小ざっぱりとして、なんとなく梨乃の性格が反映されているようで好感が持てた。

「これで散らかっていると言うのなら、うちなんか掃き溜めです。ボロ屋だから掃除しても追いつかないし……」

祖父母が聞いたら間違いなく怒るセリフを口にした。竜神商店街に住むようになって、三か月近くが経とうとしているが、自ら部屋を掃除したことなど一度もないのだ。

「ボロ屋なんて言っていたら、お爺さんに叱られるぞ」

クスクス笑いながら梨乃が諫《いさ》める。笑うと垂れ目になる彼女には、愛嬌がある。

「そうそう。お婆さん、退院したそうね。おめでとう」

「まだ、無理できないので、当分は店に出られませんけど、まあひと安心ってところです」

祖母の顔を思い浮かべ、心からホッとした表情になる。

「ふふふっ、健作くんはやさしいね。お婆さんのことだけじゃなく、商店街の皆のことも心配してくれるものね」

凛としていながらも柔和な顔立ちからは、母性が感じられる。抱擁感あふれる胸元が、よりそれを際立たせるのだろう。

「あら、ごめん。ずっと立ち話しちゃって……。そこに座って」

急に気付いたように、ソファを勧めてくれた。

店先での彼女と、淑《しと》やかさを滲ませる今の梨乃と、どちらが本当の姿なのだろうかと思うのと同時に、そのどちらもが健作には好ましく思えた。

「今、お茶の用意をするわね……。コーヒーがいい、それとも紅茶？」

奥のキッチンスペースから、梨乃が問いかけてきた。

「頂き物だけど、美味しいカステラがあるの」

勧められたソファに腰を下ろし、背もたれに体重を預けた。

ソファからも、ほんのり甘い香りが漂っていた。その香りが、梨乃が纏うものと同種のものと気づき、またしても心臓が早鐘を打ちはじめる。

「あの、どうぞお構いなく……」

遅ればせながら遠慮を述べると、梨乃がクスリと笑った。笑うと、やや垂れ目気味になるだけでなく、左の頬にだけ控えめなえくぼができるのを見つけ、そんな些細《ささい》な発見がなんとなくうれしかった。

「コーヒーにするよ。意外とカステラにあうから……」

その声に、どぎまぎしながら小さく頷く健作は、視線だけで肉付き豊かな後ろ姿を盗み見る。

「主人はいつも帰りが遅いし、子供もいないから休みの日は割と暇なの。誰かとお茶をするのも、久しぶり……」

楽しそうだったはずの梨乃の声にわずかばかり影が差した。

「あの、梨乃さん……？」

ご主人とあまりうまくいっていないのではと口にしかけ、そこまで立ち入るべきではないと気付いて止めた。

「ああ、誤解しないで。ちゃんと主人のことは愛しているから……」

それを察したのか、梨乃が言い繕《つくろ》う。振り向いて見せた表情にも、笑顔が張りついていた。

健作は、話題を変えようと話の接《つ》ぎ穂《ほ》を探したが、こんな時に限って言葉が浮かばない。気まずい沈黙から健作を救ってくれたのは、ピーッと甲高く鳴ったケトルの笛の音だった。

「あっ、お湯が沸いた……」

キッチンに立つ梨乃の優美な所作を、健作は飽かず目で追った。

ラフに着こなしたグレーのカーディガンが、細身のジーンズに合っている。ほどなくして梨乃がコーヒーとカステラを載せたお盆を運んできた。

「ああ、本当にお構いなく……」

クスクス笑いと共に、形のよい唇から白い歯がこぼれた。

「粗茶ならぬインスタントでございますから、どうぞご遠慮なく」

おどけた口調で、人妻が目の前にカップを置いてくれる。

視線を動かすと、前屈みになった胸元が、ブラウスの隙間から覗けると気付いた。

ベージュのブラジャーに包まれた乳房の、半分ほどが露出している。

（うわあっ、やっぱり梨乃さんのおっぱい大きい！　熟れてるぅって感じぃ……）

だが、至福の時間はそれほど長く続かない。梨乃が身体を起こすと、それきり胸元は隠れてしまった。

けれど、ブラウスに張った稜線は、充分すぎるほど魅力的で、どうしてもそこから目が離せない。

「どうぞ召し上がれ。砂糖が必要ならこれね」

砂糖壺のふたを摘み取り、その隣に並べ置く女性らしい仕草。健作の視線に気付く様子もなく、柔和な笑顔を向けてくれている。

「い、頂きます」

魅惑の膨らみから無理やり視線を外し、砂糖に手を伸ばした。その時だった。

ブーン―と頭上から、ハエの羽音のような小さな音が鳴った。

梨乃もその音に反応し、天井を見上げている。すると、五つほどの蛍光灯で構成された照明の一つが、間を置いてチッカチッカと明滅をはじめた。

「あら、いやだ。お客様がいるときに限って……」

美しい顔が、わずかにしかめ面になる。

「ごめん。これじゃあ落ち着かないね。買い置きがあるから付け替えようね」

納戸に続く廊下へと向かう梨乃のお尻を、健作は飽かず眺めた。

「確か、ここにしまったはず……」

梨乃が上に手を伸ばすとカーディガンとブラウスがずり上がり、悩ましい腰部が露となった。ジーンズの境目からは、パンティらしきベージュまで覗かせている。もちろん健作の視線は、そこに釘付けとなった。

「あったわ。今のが切れたらＬＥＤに替えようと思って用意していたの……。健作くん、悪いけどテーブルよけてくれる？」

頼まれた通りにテーブルの位置をずらすと、木製の踏み台が運ばれた。

「俺がやりますか？」

「ううん。そう高くないし大丈夫。お客様にそんなことさせられないでしょう。ああ、でも、台を押さえていてくれる？」

踏み台に、梨乃が恐る恐る登っていく。思いの外、小さな足が愛らしい。

「気を付けてくださいね」

一番上の段に着くと、形のよいお尻が健作の鼻先をくすぐりそうになった。

（わわわ、梨乃さんの、お、お尻……）

顔から十センチと離れていない場所に、艶めかしいお尻があるのだ。

充実した尻肉の様子は、ぴっちりとしたスリムジーンズを穿いているだけに、はっきりと窺い知れた。

いかにもやわらかそうな尻肉から連なる太ももの肉感もたまらない。むっちりしていて、豊満な印象を与えるにもかかわらず、キュッと締まって成熟美に満ちている。

(やばいよ梨乃さん……お尻魅力的すぎ……。ああ、太ももにも触ってみたい！)

思わず手を伸ばしたくなるのを、かろうじて抑える。いきなり痴漢のような真似をして、嫌われたくはない。そう思うと同時に、この立派なお尻に触ることができるなら死んでしまってもかまわないとも思える。

「はあっ……」

思わずついた物欲しげな溜め息を、しまったと思っても吸いもどすことなどできない。梨乃の耳にも届いたはずだ。

恐る恐る見上げると、案の定、つぶらな瞳が、こちらの様子を窺っている。

「いや、その、これは、つまり……」

上から見つめられ、あわてて繕おうとしたが、うまい言い訳など見つかるはずもない。やむなく健作は、正直に打ち明けた。

「梨乃さんのお尻が、その、魅力的すぎるから……。って言うか、お尻だけじゃなく、太もももおっぱいも、ものすごく悩ましくって……」

半ば開き直り、思いのままを口にした。

「いやな健作くん。私、健作くんより十歳も年上だよ。そんなおばさんのお尻で、変な気分になんかならないでよ……」

いつもの調子でカラカラと笑う梨乃だったが、その頬は心持ち紅潮している。

「ほら、外した蛍光灯、受け取って……」

健作を諫める訳にもいかず、作業に集中しようというのだろう。けれど、彼女の動揺は明白で、女性らしい恥じらいの色が滲んでいた。

4

梨乃が差し出した古い蛍光灯を受け取る健作。しっとりとした手に触れた瞬間、理性が一気に焼き切れた。

「り、梨乃さん、ごめんなさい。一度だけ触らせてください！」

支えていた踏み台から手を離し、魅惑のお尻を鷲摑みにしてしまった。まるで思春期のような欲求に、抗えなかったのだ。

「きゃあっ！」

途端に、黄色い悲鳴が上がった。思いがけぬ痴漢行為に焦った梨乃が、そのバランスをくずし、台を踏み外していた。

「うわぁあっ」

驚きながらも健作は、その肉感的な女体をとっさに抱きとめていた。

気がつくと梨乃が、腕の中で身を震わせている。

「あっ……あっ……」

何か言おうとしているが、さすがに動転しているようだ。

「ごめんなさい。梨乃さん、俺がバカな真似したから……もう大丈夫ですよ……」

宥《なだ》めるように、声をかけた。腕の中、梨乃が罠にかかったウサギのように震えている。だからこそ、かえって健作は、落ち着きを取り戻すことができた。

(なんて、ふんわりしているのだろう……)

豊かな乳房が胸板に、やわらかくあたっている。肉感的な身体もあつらえたように すっぽりと腕の中に収まり、最高の抱き心地だ。けれど、いくら豊満に見えても、やはり女性らしく、骨格は華奢だった。刹那《せつな》に消えゆく初雪を抱きしめているような儚《はかな》さなのだ。

「はうん……」

健作はその儚い身体をもっと実感したくて、つい腕に力を込めた。

強く抱きしめたためか、ぷるんとした唇から苦しげな呻きが漏れた。その響きがとても悩ましく感じられ、興奮をそそられた。

「すごく、いい匂いなんですね……」

鼻腔をくすぐるのは、バニラビーンズをベースにした甘い香り。控えめな香水は、青果を扱う日常では決して用いぬもの。そんな特別感が、よけいに健作の男心をくすぐる。

「け、健作くん……そんなに強く抱き締めないで……」

梨乃を窒息させてしまいそうなほどの力強さは、けれど、心地よい安らぎを与えているはずだ。人妻の扱いは、早苗にしっかりと教わっている。それ以上に、いつまでも腕の中にいて欲しい率直な気持ちが、梨乃をうっとりとさせるのだ。

事実、その美貌を覗き見ると、漆黒の瞳が妖しく潤んでいた。

「ねえ、健作くん、苦しいわ」

その言葉に力を緩めはしたが、腕は肉感的な身体に纏わり付けたまま離そうとしない。

「もう大丈夫ですか？　落ち着きました？」

心配そうに、美しい瞳の中を覗き込む。

ふいに、腕の中から梨乃の両腕が抜き取られ、頭を優しく包み込まれた。

「元はと言えば、健作くんが悪いんじゃない。いけない人……」

腕の力を緩めたはずなのに、梨乃は健作の胸板に乳房を押し付けてくる。

やわらかな物体にくすぐられる幸せ。甘手に頬を包まれやさしくなでられる心地よさ。バニラベースの芳香にイチゴをつぶしたような甘酸っぱい匂い。

大人の女性特有の抱擁感に甘えたくなるような、このまま眠ってしまいたくなるような、穏やかな幸福感に満たされていく。その一方で、何事かを期待して、ジーンズの前が大きく膨らんだ。

さすがにまずいと思った健作は、ごまかそうと腰を引いた。

察した人妻の右手に、細腰に纏わり付けたままの手指を捉えられ、無言のまま尻たぶへと導かれた。

「梨乃さん……」

ゾクリとするほど色っぽい眼差しは、妖しく濡れていた。

「お尻、触りたかったのでしょう？　触らせてあげる」

尻肉と甘手に健作の手が挟まれ、おんなの火照りが刻まれていく。

「いいよ。でも、やさしくね」

掠れた囁きが耳元で響く。

「梨乃さん……」

うわずった声で名前を繰り返し、ごくりと生唾を飲み込んだ。

指先をゆっくりと鉤状に曲げ、ジーンズごと尻たぶを鷲摑みにする。

「梨乃さん……」

三度目に呼んだ声は、興奮に揺れていた。

デニムの厚ぼったい生地の下、ふっくらとした弾力が、指に心地よく反発している。

その感触に途方もなく昂ぶり、脳髄が痺れていく。

「梨乃さんのお尻、超やわらかい！　触っているだけですっげえ気持ちいいです……。やばい！　やばいです！　ずっと触っていたくなる」

反対側の尻たぶにも手を回し、肉の充実を確かめるように、むにゅむにゅと揉みしだいた。

「梨乃さんのお尻、どうしてこんなにやわらかいのだろう」

双臀に指を食い込ませ、ぐりぐりと捏ね回したり、左右に割り広げたり。さらには、力いっぱいに押し付けて、ジーンズにくっきりと尻の谷間を作り出す。

持ち上げるように引っ張ると、重みがずしりと腕にかかる。その重量感が、内部に詰まった肉の豊かさを証明していた。

「ああ、ほんとうにやばい！　俺、興奮しちゃうよ」

臀部ごと梨乃の身体を引き寄せると、豊満な乳房がなおも胸板でやわらかく押しつぶれ、天に昇るほど心地よかった。

そっと見下ろすと、熟妻は長い睫毛《まつげ》を震わせて、ゆっくりとしたリズムで瞼を開いたり閉じたりさせている。ふっくらした唇は、色っぽくぬめり、今にもそこからよがり声が漏れ出しそうに開かれている。白い歯から覗く、愛らしい朱舌が艶めかしさを添えていた。

素晴らしすぎる女体の感触と、初めて垣間見た梨乃の艶表情に、健作は見境いを失いかけていた。一段と硬《かた》くさせたペニスを思い切りしごきたくてたまらない。そのやるせなさが、さらに指に力を込めさせるのだ。

「ふむうぅ、うふぅん……」

梨乃が思わず深い溜め息をついたのは、尻肉を持ち上げられた瞬間だった。堅いジーンズの生地が、淫裂に食い込んだのだろう。

生暖かく湿った空気を吹き掛けられて、健作の最後の理性が消し飛んだ。

ルージュの引かれた目前の朱唇に、自らの唇を重ねていた。

「ふむっ、むうぅ……ほむん……むふう……」

抗議の声と共に抗う様子を見せはしたものの、ぴくんと女体を震わせただけで、すぐに大人しくなった。ゆっくりと瞼が閉じられ、その代わりに花びらのような唇があえかに開いた。

梨乃の唇は、その肉体同様に熟れが進んでおり、蜜のように甘くふっくらしている。夢中で吸いつけると、薄い舌を捧げるように伸ばしてくれた。

「むふん……はむううっ……ふむう……ふぬぬむぅ……」

梨乃の舌腹に、自らの舌腹を擦り付け、なおも激しく尻たぶを弄ぶ。

「んふう……んああ……ああ、健作くん……激しいっ……」

愛らしく小鼻を膨らませ酸素を求める梨乃。下腹部から込み上げる熱い快美感に戸惑うような素振りを見せるものの、徐々に漏れだす熱い喘ぎを抑えきれずにいる。

最初は、ほんのさざ波でしかなかった感覚が、次第に、官能的な疼きとなって女体を支配するのだろう。

「あふぅ……こんなに激しいキッス、久しぶり……。こんなふうに身体をまさぐられるのも……ねえ、健作くん。私、君にとってそんなに魅力的？」

はにかむような愛らしさを纏いつつも、妖艶な色香を漂わせはじめる梨乃。彼女の変貌ぶりに息を呑みながら、健作はぶんぶんと首を縦に振った。

「もちろんです。梨乃さん、魅力的過ぎてやばいです。すっごく美しいし、それに目のやり場に困るくらいにナイスバディですし……」

勢い込んで賛美する健作には、まったくウソや打算はない。聞かれたことに、素直に答えているだけだ。それが、一番想いが伝わると、本能的に知っていた。

「ふふふっ、もてはやされるのって気持ちいい。いいわ、決めた！　健作くん、エッチしよう！」

決意を秘めた漆黒の瞳がキラキラと輝いている。あっけにとられる健作の掌を、甘手がむぎゅっと握りしめた。

「ねえ、健作くん、こっちへ……」

しなやかな肢体が、健作の手を引き、居間階段へと歩みだした。

5

導かれたのは、二階にある寝室だった。暗い部屋に梨乃が照明を灯《とも》すと、どことなく淫靡なムードが漂う。

夫婦の寝室を連想したせいかもしれない。

「主人のことは忘れさせて。彼を愛しているけれど、セックスはご無沙汰なの。もう私におんなを感じないみたい……」

おんなの憂いを露わに、人妻が言った。

（こんなに魅力的な女性をほったらかしにするご主人の気がしれないや！）

梨乃たち夫婦のことなど、何も知らないくせに、健作は勝手に腹を立てた。同時に、より彼女を大切にしたい想いを強くしている。

「恥ずかしいから、自分で脱いでもいい？　健作くんも、脱いで……」

そう言うとくるりと健作に背中を向け、グレーのカーディガンを脱ぎ始める。さらには、白いブラウスのボタンを外しているらしい衣擦《きぬず》れの音が聞こえてきた。

思いがけぬ展開に、あっけにとられながらも、その美しい背中に目が釘付けとなる。

健作の熱い視線に気が付いたのか、梨乃が首だけをこちらに向けてきた。

「ほらあ、健作くんも……」

促され、あわててセーターを脱ぎにかかる。首を抜くために、一瞬視界を遮《さえぎ》られる間にも、梨乃はブラウスを脱ぎ捨てていた。

健作がごくりと生唾を呑んだのは、乳白色の背筋の美しさだった。やせ過ぎず、太過ぎない肉付きは、オレンジ系の照明に照らされて、ひどく艶めかしい。

柔肌はきめ細かく、さわり心地も抜群であろうと確信した。

健作を意識して、ちらりとこちらを目線だけで覗き見たが、今度は促そうとはせずに、白いジーンズのファスナーを下ろしはじめる。ウエストの前ボタンも外し、お尻を後ろに突き出すように身体を折って、片足を抜き取った。

「うわあああっ！」

健作は、思わず感嘆の声を上げてしまった。

迫力のある丸いお尻が、露わとなったからだ。前かがみになった乳房が、重々しくベージュのブラジャーをたわませるのも悩ましい。

「もう、いやな健作くん。そんなに見るなぁ……」

口調は咎めるようでありながらも、そのお尻がふるふると左右に振られる。

まるで妖艶なストリップを見せつけられているようで、屹立した股間が痛い。健作は、自慰でも始める勢いで、ジーンズの前を解放した。

(すっげえっ！　なんていい身体してるんだろう。ふるいつきたくなるってのはこういうのを言うんだろうなあ……)

まだ乳房はブラジャーに覆われ、腰にはパンティが残されているというのに、健作はすっかりその女体の虜《とりこ》にされていた。

早く全てを脱いだ姿にお目にかかりたい気持ちと、もうしばらく魅惑的な下着姿を眺めていたい気持ちが、健作のなかで交錯している。

「ま、待って、梨乃さん。そのままの姿で、両手を後ろに回して、おっぱいを突き出して見せてください」

「もう、健作くんのエッチ！」

恥じらうように振り返り、それでも言われるままに胸を突き出して見せてくれる。

ベージュのブラカップから乳白色がはみだし、たまらない猥褻《わいせつ》感をかもし出していた。

「こんなに大きなおっぱいだったのですね。ブラから溢れるほど……俺、おっぱい星人だけど、こんなに理想通りのおっぱい初めてだから、その中身にも超期待しちゃいます」

飾らぬ言葉で責めると、梨乃もまた恥じらいと興奮の入り混じった表情を見せてくれる。

「ああ、暑いわ……身体が火照ってきちゃう」

ひんやりとした空気が部屋を占めているにもかかわらず、人妻は頬を上気させ、うっすら汗さえ滲ませている。

二の腕をたふんと震わせて右手を挙げた彼女は、額の汗を掌で拭《ぬぐ》った。女性らしく手入れされた腋の窪みが、匂うように若牡を挑発している。

いつの間にか、健作も手に汗を握っている。喉がカラカラで、渇いた唇を何度も舌で湿した。

「ねえ、そんなに私をいやらしい眼で見て……。ああ、もっと見たいのね？」

豊麗な肢体をよじり、はちきれそうな乳丘とパンティが食い込んだ股間を、左右の手で覆い隠している。けれど、隠そうとするほど、かえって淫靡さが強調される。

「見たいです……。梨乃さんのおっぱい！　おま×こも!!」

自らのシャツを脱ぎ捨てながら健作は、足を一歩彼女へと踏み出した。

びくんと震える梨乃は、まるで怯《おび》えているようだ。それでいて、彼女は、その腕を背筋に回し、ブラジャーのホックを外しにかかった。

「いいわ、見せてあげる。私のおっぱい。恥ずかしいけど、見てっ！」

後ろに回された指先がプッと音を立て、滑らかな肩からストラップがはらりと落ちた。

深いカップがめくれ、豊満な膨らみが支えを失って、ぶるんと零れる。両腕が、露出した果実をすぐに抱き寄せた。

「ああ……」

夫以外の男には見せてはならぬはずの裸身を、健作の前に晒してくれている。彼女は恥辱に耐えかねてか、さすがにじっとしていられないようで、パンティ一枚だけとなったセミヌードをくねらせた。

「梨乃さん、焦《じ》らさないで、ちゃんとおっぱいを見せてください！」

中々全容を明かそうとしてくれない梨乃を促すと、ようやく両腕が解けていった。

絶対にEカップはありそうな膨らみは、その重みに耐えかね、たゆんと下方へと垂れ落ちる。けれど、決してだらしない感じがしないのは、ツンと上向いた乳蕾のお蔭だろうか。見られることに興奮しているのか、心なしかほころびかけている。

乳暈から続く色合いは淡いピンクを保ち、新鮮なグミ果実を連想させた。

「ああ、見せてしまったわね。私、人妻なのにこんなに素肌を露わにして……。だけど、健作くんに見られるのは、うれしいし誇らしい……。だってこんなに目の色を輝かせてくれるのだもの……」

熱に浮かされたように梨乃が、心情を吐露した。

「梨乃さん、俺に見られて興奮しているのですね。乳首まで勃《た》たせて！」

健作の指摘に、狼狽《ろうばい》するように梨乃が自らの胸の頂きを確認した。

「いやだ、私ったら。ああでも、そうよ、興奮してる。淫らに欲情してるの……」

掠れた声が白状するたび、薄紅の乳首は、それと判るほど花開いていく。

たまらなくなった健作は至近距離に歩み寄り、露出した乳房を覗き込んだ。

人妻は後ずさりする気配を見せたものの、かろうじてその場に立ち止まっている。

「触りたいのね。いいわよ……私も健作くんに触って欲しい」

梨乃は間近に迫った若牡に、妖しい笑みを見せてくれた。

許しを得た手指が、貪欲に乳首を挟み込む。

「ひゃん!!」

尖った蕾からの鋭い刺激にこらえきれず、甘い喘ぎが零れ落ちた。

「そ、そんないきなり、摘んじゃうなんて反則っ！」

甘く詰る人妻が、急にかわいらしく映る。

健作は、巨乳を下乳から支えるように持ち上げ、ゆっくりと掌に力を入れた。

蕩けるやわらかさの乳脂肪が、薄い皮下でむにゅんと揺れ動き、健作の掌性感を心地よく刺激してくる。

「うわあっ、梨乃さんのおっぱいなめらかあ……。超やわらかなんすねえ……それにすっごく感じやすいんだぁ。やっぱ、人妻はエロいなあ」

梨乃の性の秘密を発見したように健作は、意地悪く問い詰めた。

「いやよ。そんな言い方！　ああ、だけどそう。私のおっぱいいつもより敏感。主人とは違う触られ方をしているからかしら……」

熟れた女体をくなくなと揺すらせ、健作の手指をするりと逃れると、しなやかにベッドへと滑り込んだ。

毛布の中で、もぞもぞしていた梨乃は、靴下をポイポイと放ると、ベージュのパンティを健作に投げつけてくる。

「健作くん、早く来て……」

鼻のあたりまでを毛布で隠し、梨乃が甘く誘ってくれた。

「梨乃さ～ん！」

健作は、大急ぎで残されていたものを全て脱ぎ捨て、人妻が待つベッドへと飛び込んだ。

6

横たわる女体に沿うように、健作は足先から毛布の中に侵入した。

「うわあっ、梨乃さんのお肌すべすべです。それにつきたてのお餅みたいにやわらかい」

「お肉がプニプニしてるって、言いたいんでしょう……」

拗ねた表情を見せながらも、梨乃も身体を寄せ、その極上の熟れ肉を味わわせようとしてくれる。

「ああっ、梨乃さんっ！」

感極まった雄叫びを上げ、健作は女体をきつく抱き締めた。

豊饒な肉体が、すっぽりと腕の中に収まる。しなやかでやわらかく、それでいて肉感的な抱き心地。激情がさらに募《つの》り、つい腕に力が入った。

「あん！」

鼻にかかった甘い吐息が、さらに健作の興奮を煽る。

首をぐっと折り、健作は白い首筋に唇を吸い付けた。

「んんっ……」

ショートカットをぐっとベッドに擦りつけ、頤《おとがい》が持ち上がる。

ぢゅぶちゅっと首筋に唇を這わせ、舌先でくすぐるようにしながら、美しい鎖骨《さこつ》にしゃぶりついた。

抱きしめていた手を、一方は女体に沿わせて撫で付け、さらにもう一方は左側の大きな乳房へと向かわせる。

「あ、ふあああっ……」

手の甲で、つーっと滑らかな女体を刷くと、ふくよかな腹部でくるりと掌を返した。愛しさを込め、繊細な恥毛をくしけずる。

「んっ、ああ、そこは……」

毛先に湿り気を帯びているのは、もう十分以上に濡らしている証である。そうと判っても、確かめずにはいられない。

指先を蠢かせ、蕩ける内ももをやさしく撫でてから、人差し指を女陰へと運んだ。

左手は、乳房を離れようとはしない。やわらかくもしっとりと吸い付いてくる乳房に夢中なのだ。

「梨乃さん、もうこんなに濡れているのですね……」

耳元で囁くと、女体がぶるぶるっと震えた。

「そうよ。健作くんが欲しくて、濡らしているの……。ねえ、前戯はいいから、はやくちょうだい」

彼女が言う通り、前戯など必要ないくらい、女陰はしとどに潤っている。

「判りました。いいのですね？」

一度だけ確認してから、健作は寄り添う位置から、覆いかぶさる体勢に移動した。
すらりと伸びた白い脚がくの字に折られ、付け根からゆっくりと左右に開帳してい
く。けれど、健作はそれでも飽き足らず、太ももの裏側に手をあて、ぐいっと拡がる
だけ拡げさせた。
閉ざされていた帳が、くぱぁっと口を開いてしまうのが、梨乃にも知覚できたのだ
ろう。「ああ……」と呻きながら、恥ずかしげに美貌が背けられた。
首を折って視覚でも女陰を確認する。
梨乃の女陰は、艶めかしく熟れ爆《は》ぜ、ひどく卑猥に感じられた。
とろーりと滴り落ちた愛蜜が透明な糸を引き、濃厚な淫香《におい》をあたり一面にむんっと
立ち昇らせた。
緊張にごくりと唾《つば》を呑む健作を、梨乃の震え声が促した。
「健作くん、早く来てっ……。おんなは、この格好が一番恥ずかしいのっ」
ぱっくりと割れた女性器は、新鮮な純ピンクを覗かせて、入り口のビラビラを震え
させている。健作は昂ぶりに身を任せ、暴発しそうな勃起肉を、濡れそぼつ淫唇にあ
てがった。
猛り狂った怒張で、女陰のいたるところをやみくもに突く。蜜水滴に潤う肉びらや

女核を繰り返し啄《ついば》むうちに、彼女の濡れが亀頭粘膜にまぶされた。

「いきますよ！」

「きてっ！」

健作は腰位置を微修正して、ぐいっと勃起を突き立てた。

ぬちゅん──。

寝室に淫靡な水音が響いた。

引き締まった腰を、ぐぐっと押し込む。愛蜜でべとべとの亀頭で肉の帳を割り、ずるずるずるっと肉塊を胎内に侵入させた。

「あああああっ……来るっ……健作くんが、挿入《はい》ってくる……っ」

亀頭を、膣洞の天井にぞりぞりと擦りつける。ぬるぬるなのにザラついた感触に、まるで余裕を失った健作は、ずぶずぶずぶっと一気に埋めてしまった。

「ふあっ、あ、あぁ……」

頬を強張らせ、梨乃が呻いた。右手で自らのショートカットを掻き毟《むし》り、左手では白いシーツを握りしめている。

眉間には深い皺が刻まれ、朱唇が真一文字に結ばれた。

「つく……んんっ、ふあああ……」

若牡の蹂躙を耐えるばかりではない。確実に、人妻には快感が押し寄せている。

その証拠に、婀娜《あだ》っぽい腰が浮き上がり、健作を根元まで受け入れようとしてくれるのだ。

「ああ、健作くん、すごいのね。お腹の中が、おち×ちんでいっぱい……。それとも、梨乃がしばらく使っていなかったからかしら……充溢《じゅういつ》感がすごいっ！」

健作もまた、膣道が細いチューブのようにきゅんと窄まり、そこをぐりぐりと力強くこじ開けたような手応えだった。

「梨乃さんが、狭すぎるんですよ。処女みたいに締め付けて……。ああ、だけど、痛かったんじゃないです？」

我を忘れていた健作は、ようやくそのことに気が付き、思いやった。

「大丈夫。でも、本当にすごいの……。太いおち×ちん熱い……お腹の底からじんわり温められているみたい。ああ、身体が火照っちゃう……」

兆した表情で、内臓を串刺しにされる満足を味わう梨乃。悦びに打ち震えるかのように、膣肉が蠕動している。

カズノコ天井にペニスを擦り上げられるのがたまらない。

歯を食いしばって健作は、大きく腰を引いて浅瀬に逃れた。

「梨乃さん、ほんとうにいい身体です……。この最高のおま×こを味わい尽くしたい！」

ゾクゾクと湧き起こる愉悦を噛みしめ、健作は囁いた。

「いいわ。好きにして……。その代わり梨乃にも、たっぷり健作くんを味わわせてね」

「もちろんです。最後は、このおっぱいに顔を埋めて、ぐちょぐちょにおま×こを突きまくりますから！」

健作は、大きな乳房を揺さぶるようにまさぐってから、右手を彼女のひざ裏にあてがい、片側の太ももを持ち上げさせた。

自らは、亀頭エラを浅瀬に噛ませたままやや腰を浮かし、梨乃の左足に跨った。そのままの体勢で右足を抱き締め、ぐっと持ち上げる。

「あんっ……」

肉感的だが割と軽い女体を横向きに寝かし付け、横臥位にした。

「こうして、違う姿勢で、俺のち×ぽを感じてください」

ぐいっと腰を突き出し浅瀬にあったペニスを、ずるずるずるっと奥へと押し込む。

相変わらず太ももを抱き締め、その蕩ける肌触りを上半身でも堪能した。

「ふああ、やああ、さ、さっきと違う場所に擦れてる！　ああん、おま×こ、捩《よじ》れてるぅ！」

返しの利いたエラ首が天井部と底部をゾリゾリと抉る感覚を、梨乃はそう教えてくれた。

左手を伸ばし、またしても乳房を捉え、やわらかく絞り上げる。途端に、きゅっとヴァギナが窄まり勃起を喰い締めてくる。

「うぐぅっ！　やばいくらいに締まる！」

和式便所に跨るようにして、腰をくいっくいっと蠢かせる。その度に肉感的な女体が、たまらないと言わんばかりに、白蛇のようにのたうつ。

ぐぢゅ、ぶぢゅ、ぢゅる、ぶぢゅ──。

浅瀬で数回腰を振り、ずんと奥深くにくれてやる。

「ひああっ、響くぅ……。腰の奥から頭まで響いちゃううぅ～っ」

ショートカットを握りしめ、唇をわななかせる熟妻。妖しいまでの乱れっぷりに、健作は見惚れた。

「じゃあ、今度は、この右足をこちら側に……」

さらなる快感を求め、健作はまたしても体位を変えた。抱きかかえていた右足を左足の上に揃えさせ、自らは梨乃の背後に。横向きの女体に沿って、健作も横向きになり、左手を彼女の脇を通して女体を支えた。

後背測位は、男側にも体力の消耗が少なく疲れにくい。穏やかに女体を堪能するのに適している。

「また違う感覚……。浅い挿入なのに、じわじわとおま×こにおち×ちんの容《かたち》を覚え込まされているみたい……」

灼熱の勃起を女陰に溶接するように、けれど、それだけでは刺激が少ないかと、左手を下腹部に伸ばし、合わせ目の頂に位置する肉芽を狙った。

「あうっ、ああ、だめぇぇっ、今、敏感なお豆を擦るなんてぇ……」

詰《なじ》るような口調には、甘い期待が見え隠れしている。兆しはじめた絶頂に、早く浸されたくて疼いているのだ。

「今触られると、どうなるのですか？ ほら、ほら、ほら……」

突き立てた中指で、充血したクリトリスを弄《いじ》りたおす。本能的に逃れようとしたものか、婀娜っぽいお尻がぐぐっと健作のいる方に向かってくる。けれどそれは、ヴァギナを占める肉塊をさらに奥へと迎え入れる行為に繋がる。ずずずっと根元まで屹立を咥え込んだ上に、逃げ場のなくなった肉芽をあやされるのだ。

「あ、ああん、いやあん、バイブで悪戯《いたずら》されているみたい……お、奥まで届いてるぅ」

吸り啼く人妻が、首を捻じ曲げて悦びを露わにした。その朱唇を掠め取った。

くん、くんっと腰を捏ねるのは、健作も兆しはじめた証だ。

「つくう……梨乃さん、すごくいいよ。く、くそぉ。もうムリっ、限界だぁ！」

長く持つはずの体位なのに、やるせない射精衝動が押し寄せる。

「射精《で》そうなのね。梨乃ももうイキそうっ、お願いよ、精子ちょうだいっ」

おねだりしてくれるのは、年上の女性らしい心遣いなのか、それとも本当にアクメが近いのか。恐らくは、その両方なのだろう。

「ありがとう梨乃さん。それじゃあ、さっきの約束通り、梨乃さんのおっぱいに顔を埋めて、思い切り突きまくって射精するね！」

そう宣言すると健作は、ずるずるっと勃起を引き抜き、再び梨乃を仰向けに寝かしつけ、ぐいっとその太ももを大きくくつろげさせた。

「いいわ。来てっ！」

くぱあっと口を開け、泡混じりの愛液を滴らせる女陰に、勃起を埋め直す。

「はうううっ！」

すっかり剛直を覚え込んだ膣肉は、今度はいとも簡単に呑み込んでいく。奥底でゴリンと手ごたえを感じて、最後に腰を捏ねさせた。

「あ、ああ～～んっ！」

天使も嫉妬するほどの甘い声で人妻が悦楽を謳い上げる。

健作は、ベッドについていた腕の力を抜き、ぼふんと巨乳の上に顔を埋めた。

コラーゲンの塊のようなツルツル感に顔中を覆われ、窒息してしまいそうなほどだ。

その多幸感たるや何物にも替えがたい。

ずっとこうしていたい一方で、やるせないまでに膨らんだ射精衝動に苛《さいな》まれている。

健作は、乳房を外側から寄せ集めるようにして、さらに自らの顔を覆いつくし、腰だけを思い切り引いた。

「んあああっ、引き抜かれるのが切ない……」

いかないでとすがりつく膣肉を袖にして、抜け落ちるギリギリまで引き抜くと、すぐに反転して力強く勃起を押し込む。

「はおおおっ、おま×こ、擦れちゃうぅ～～っ」

二度三度と大きな抜き挿しを繰り返し、腰をグラインドさせてから小刻みに奥を抉る。

せわしないまでの抽送に、

「あん、あん、ああっ、イクっ！　梨乃、いっちゃうぅっ！」

　啼き呻く熟妻の腰付きも激しくなる。魔性のごとき牝性を露わにしていた。

（す、すごい！　これが熟れたおんなの本性！！　なんて色っぽいんだろう）

　人妻の貪婪《どんらん》な変貌ぶりに、度肝《どぎも》を抜かれながらも、発射態勢を整えた。

「梨乃さん、イクよっ……俺もう、射精《い》っちゃいますううっ」

「おおんっ……出してっ！　イクっ……梨乃もイクから一緒に……一緒にぃ〜っ！！」

　絶頂に達した梨乃が、若牡を凄絶な色香で促した。たまらず健作は、肉傘をぶわっと膨らませ、肛門を引き絞った。

　これを止《とど》めと、ずんと重いひと突きを食らわせ、劣情が迸る陶酔を味わう。精液が、尿道からぶばっと飛び出す感覚。至高の悦びを、頭の中を真っ白にさせて酔い痴れた。

　びゅびゅっ、どびゅびゅっ、どぴゅるるるっ――。

　多量に注ぎ込んだ白濁液を、ドクドクと子宮で浴びている。陶酔と絶頂の狭間《はざま》で梨乃は、ぐびぐびと精液を子宮で飲み干してくれるのだ。

「あついっ……健作くんの精子っ……あはん……精子ってこんなに熱かったかしら……ああ、子宮が悦んでいるわっ……」

　未だ深いアクメから戻らぬまま人妻は、うわ言のようにつぶやいた。

「ぐふううっ……あぁっ、梨乃さん、よかったよ……最高のセックスだった」

「私も最高だったわ。お蔭でおんなであることを、思い出させてもらえた……」

おんなとしての自信を取り戻した熟妻は、つやつやと頬を輝かせながら、そう褒め称えてくれた。

第四章　夜の娘太鼓

1

ドドドドドドン、ツッカカカッ、ドドドド、ツッカカカッ――。

太鼓の音が響く。

練習を始めて十日。ようやくサマになってきたとはいえ、お披露目にはまだしばらくの日数が必要だ。

二十数年ぶりの竜神太鼓の復活を言い出したのは、やはり健作だった。

ミニコミ誌のために竜神さまの由緒由来を調べるうちに、かつて竜神太鼓の奉納《ほうのう》が春に行われていたことを知り、商店街の景気付けにと提案したのだ。

丁度イベントを企画していた商店街組合の賛同も得ることができ、話はとんとん拍子に進んだ。

「どうせやるなら華やかな方がよいし、娘太鼓にしてはどう？」

そう言いだしたのは、瑠璃子だった。

竜神商店街の成り立ちは、もともとが竜神さまの参拝客を目当てにした、旅籠《はたご》や団子屋、土産物屋《みやげものや》から始まっている。商店街の名前に冠している通り、竜神さまとは切っても切れない縁なのだ。

けれど、幾たびかの火災などにより昔は篤《あつ》い信仰を集めていた竜神さまは、残念ながら廃《すた》れていた。現在はこぢんまりとしたお宮とそれに似合わぬ広い境内《けいだい》があるばかりで、宮司もいなければ巫女《みこ》さんもいない。

ならば、姫巫女による奉納太鼓に見立て、竜神太鼓を復活させるのも悪くない。

さっそく商店街の婦人部が中心となり参加者を募ってみると、もともとここの竜神太鼓が娘太鼓であったことも判明した。

「へえー、これって、竜神さまのお導きかもよ……」

さほど信心深くもない健作が、そう口にするほど順調に話が進んでいく。

瑠璃子や梨乃の参加はもちろん、花畑薬局のまなみや、憧れのみわまでが参加してくれることになった。どこから聞きつけたのか、商店街と関係のない早苗までが加わっている。

集まった顔ぶれに、健作は冷やりとしたものを感じたものの、生まれついての能天気が「まあ、なんとかなるか……」と深刻に考えることを阻《はば》む。

それよりも何よりも、商店街の婦人部の中でも選りすぐりの美人たちが集まる中に加わるだけでうれしい。

「なんで娘太鼓に、男の健ちゃんが参加するの？」

瑠璃子にはそう突っ込まれたが、健作は端《はな》から参加する気でいる。

「でもほら、言いだしっぺには責任を取ってもらわないとね……」

知的美人のまなみに取り成され、めでたく参加が許された。

他にも三人程の参加者が決まり、商店街のイベントセールに向け、近くの会館で夜《よ》毎《ごと》の猛特訓がはじまった。

これも竜神さまのお導きか、指導者も容易《たやす》く見付けることができた。

その昔、杵屋の女将のお政さんに太鼓を教わった事をみわが思い出し、健作が口説き落としたのだ。

「私なんかが加わったら、娘太鼓とは言えないわね……」

年齢を気にしてか、みわはそう笑ったが、彼女には娘時代に竜神太鼓を叩いた経験があったのだ。

淑やかなイメージのみわと、太鼓との取り合わせは意外だったが、彼女が髪をひっつめてきりりと鉢巻をした姿は、ものすごく颯爽としていて惚れ惚れとしてしまう。瑠璃子や梨乃の手前抑えてはいるものの、ややもすると、みわを目で追っている自分に気付いた。

「そんなことないわ。瑠璃子さんのように若い人は少数派で、私だってみわさんと変わらない年齢だし……。それに経験者がいてくれることは何より心強いわ」

フォローする梨乃に、みんなが頷いた。

「だからあ、健ちゃんが参加していて、娘太鼓も何もないでしょう」

お決まりのように瑠璃子に突っ込まれ、唯一の男性の健作はへらへらと盆《ぼん》の窪《くぼ》を掻いた。

それでも健作は、充実している。

美女たちに囲まれて、愉しい練習が続くのだ。しかも、回を重ねるにつれ、みんなとの和や絆《きずな》も深まり、親密さが増していく。こんな役得は他にないだろう。

さらには、店を閉めると寂しげにしていた杵屋の女将が、生きがいを見つけたかのように生き生きと指導してくれるのもうれしかった。

「けどねえ、健ちゃんは、ダントツにセンスがないから……」

くさす早苗に、みんなが一斉に頷いた。

最大の問題がそこにある。天性のリズム感の悪さからか、明らかに健作が一番下手《へた》くそなのだ。

「め、面目ない……」

「お調子者のくせに、どうして調子が合わせられないかなあ」

梨乃のきつい一言に、皆がどっと沸いた。

それを取り成してくれたのは、師範役のお政さん。

「大丈夫。健ちゃんは、しっかりと腰が入っているから音はいいの。あんたのその腰使いなら、たくさんのおんなを啼かせるだろうねえ」

お政さんの思いがけない下ネタに、どっと周囲がうける中、健作は自分の他にも頬を赤らめている数人の存在に、またしても冷や汗をかいた。

「そうだねえ、みわちゃんに、練習を付けてもらうと良いよ」

再び、意味ありげに笑うお政さん。この人までが、自分がみわに憧れていることを知っているのかと焦ると同時に、その余計なおせっかいが彼女なりの感謝の表し方であるとも判り、ちょっとうれしくもある。

ここにいる誰もが口にしないまでも、健作への感謝を胸に秘めている。何気ない所作の一つひとつからそれが伝わって、幸せに満ち足りた。

2

頭の中で太鼓を叩きながらスクーターを飛ばす。

切り裂く冷たい風も、この頃は少し緩んできたように感じられ心躍った。

けれど、浮ついてばかりもいられない。竜神太鼓の奉納もあと十日と迫っている。

「デンデンデン、ツッテケテ、ドドドド」

鼻歌のように、太鼓の音を口ずさむ。

「周りに合わせようとするから遅れるのよ。自分が先陣を切るつもりでいて、健作くんにはちょうどいいと思うわ……」

健作の居残り練習に、入れ代わり立ち代わり美女たちが付き合ってくれている。

特に、みわはお政さんからの御指名があったこともあり、熱心に教えてくれた。

(みわさんの美貌に見とれているから、余計に遅れるのかなあ……)

そんな風に自らを能天気に分析し、機嫌よく仕事をこなす健作だった。

「こんちは～。竜神商店街で～す。健作が御用聞きに回ってきましたよ～」

玄関先でインターフォンを鳴らし、独特の調子で来訪を告げる。

最近は、ホームページを通じての御用聞きの申し込みも増えている。けれど、ネットに疎い高齢者のところには、相変わらずこうして顔を出し、こまめに注文を取っていた。

正直、何が本業なのか自分でも判らない状態で、いよいよ健作は忙しかった。

「おやおや。健ちゃんかい。よく来てくれたねえ」

「こんちは、お母さん。身体の調子はどう？　腰は痛んでない？」

馴染のお婆ちゃんと話し込むのも、仕事のひとつと愛想よく相手する。

「大丈夫。今日はずい分、調子がいいの。でも、わざわざ来てくれたのだから、頼まれてもらおうかねえ。お仏壇のお花が枯れてね……」

「はいはい。仏様のお花ね。承知しました」

もちろん、クリーニングの依頼なしでも、嫌な顔ひとつ見せない。むしろ、みわの美貌を拝める口実になると、内心喜んでいる。

ましてや、彼女から感謝までされるのだから、こんなによいことずくめはない。

健作は、ご機嫌でスクーターを飛ばし、みわの店で注文の仏花を受け取った。

あらかじめ携帯で、用件を伝えていたから花束はきちんと用意されている。

「健作くん、いつもご苦労様……。とっても感謝してるわ」

みわのフラワーショップでも、お花を届けるサービスは行っている。けれど、それも高価な花束が主で、さすがに仏花一つでは受け付けていない。送料を取ると客の負担になり、送料をサービスにすると経費倒れになりかねないからだ。

そんな内情があるだけに、みわのような店にとって健作のサービスは大助かりなのだ。

「あのね、それでこれ、夕食のときにでも食べて……」

仏花とは別に、みわは手提げを渡してくれた。

中を覗くと、三つほどタッパーが入っている。どうやらお手製のお惣菜のようだ。

「うわあ、みわさんの手作りですか？　ごちそうになります」

感激の面持《おもも》ちで健作は、恭《うやうや》しく手提げ袋を掲げた。

「お口に合えばいいけど。おじいさまたちの分もあるから……」

熟女の落ち着きと控えめな口調が心地よい。

「合わせます。合わせます。みわさんの手料理なら合わなくたって、合わせます」

クスクスと彼女が愉しげに笑ってくれる。ワインレッドのカーディガンをたおやかに持ち上げる巨乳が、ふるるるんと揺れた。

この極上の笑みが見られるなら、いくらでもおどけることもバカになることもできた。

「今晩も、太鼓の練習は出られるんですか？」

話の接ぎ穂を求め、そう口にした。

「残念だけど今晩はそうもいかないの……。商店街の打ち合わせにも顔を出さなくてはならないし……」

そう言えば、今夜は各々が個人練習をするということで、全体では集まらないことに決まっていた。瑠璃子も今晩は来られないようなことを言っていたのを思い出した。

竜神太鼓の奉納は、商店街のイベントセールと併せて行うのだから、当然、セールそのものの打ち合わせも必要となる。日が押し迫るにしたがって、各々の準備があってみんな忙しいのだ。

みわの返事に、ちょっぴりがっかりしたが、やることがあるのは健作も同じだった。

「そっかあ、でもまあ、みわさんは、練習も必要ないくらい上手いから……」

「あら、健作くんもずい分様《さま》になってきたわよ。もうひと息じゃない」

憧れの未亡人から励まされると、俄然やる気が湧いた。

「へへへ、そうですかねえ。よーし、今日も個人練習に励もう！」

穏やかな笑みに見送られ、健作は竜神青果店へと向かった。


「梨乃さ～ん。お野菜受け取りに来ましたよん」

健作の声に、他の客と小粋な啖呵売をしていた梨乃が、ハッとしたように振り向いた。途端に、ビッグスマイルがほころんだ。

「ごくろうさま」とひと声かけてもらえるだけで、健作の心は天にも昇る。

「健作くん。ちゃんと用意しておいたよ。ニンジン、玉ねぎ、ジャガイモのカレーセットだったわよね……」

手渡された袋の中には、みかんが五つほど忍ばされている。

「ありがとう！」と元気よく礼を言ってから、すっと顔を寄せ小声で囁いた。

「また梨乃さんのおっぱいに顔を埋めたいなぁ」

凛としていた人妻が、一気に蕩けた表情を見せる。瞬時にして骨が溶けてしまったように、女体がくなくなとくねった。

「ところで、梨乃さん、今夜の太鼓の練習は？」

何事もなかったように、健作は尋ねた。

「え、ああ、ごめんなさい。私、今夜は出られないの」

みわに続いて残念な返事に、もしかすると今夜はソロ活動になるかもと覚悟した。

3

ドドドドドド、カカカッカ、ドドドドドドド、ツッカカカッ——。

音色《ねいろ》も音量も申し分ない迫力で、会館に鳴り響く。

けれど、健作の集中力は、叩きだしてすぐに途切れてしまった。それもそのはず、恐れていた通り練習はソロ活動となっていたのだ。

一人では、周りとリズムを合わせるも何もない。上手く叩けているのかどうかも、見当がつかなかった。自分では最高の演奏をしているつもりでも、それも自己満足では練習に身が入らない。

「俺って、褒められて伸びるタイプだから……」

町内会の集会場である会館は小さなものだが、一人で独占するには広すぎる。がらんとして寂しくもあって、長くここにいる気にはなれなかった。

「ああ〜。早苗さんまで現れないなんて……。ご主人が早く帰ってきちゃったのかぁ？」

ツッカカカー。

「誰も来ないなら、やめちゃおうかなぁ……」

ズドドドドー。

独り言に合わせ、太鼓で妙なリズムを刻む。調子に乗っているつもりでも、まるで楽しくない。練習にもかかわらず、暇だと感じはじめている自分に、ちょっぴり呆れてもいた。

「独りだと、張り合いないし、判らんし……よっ」

ドドドドドー。

「こら、身が入っていないぞ！　なによ、その変な調子」

やる気もなく手持無沙汰に太鼓を叩いていた健作の背中に、突然声がかけられた。

「うわああっ。ま、まなみさん！」

飛び上がらんばかりに驚き、拍子に太鼓のばちを落としてしまう体《てい》たらく。そんな健作の様子に、クスクスとまなみが笑っている。

知的美貌が笑うと、ぱあっと華やぎ、その身に纏うクールな印象が霧散する。

「ごめん、ごめん。脅かすつもりはなかったのよ。でも、あんまりバカバカしい調子だったから……」

あまりに笑い過ぎたため、眦《めじり》に溜まった涙を人差し指ですくっている。その女性らしい所作に、健作は心ときめかせながらも、ちょっとふくれて見せた。

「ひどいですよぉ。本当に驚きましたぁ」

「だって、油断しすぎよ……」

「油断もしますって……。一人で太鼓を叩いたって、拍子が取れているのかも判らないのですから……」

がらんとした空間を顎で差し示し、言い訳をした。けれど、先ほどまでの寂しい心持ちとは、まるで違っていた。

まなみと二人きりで、いられることが嬉しくてしようがないのだ。もし自分に尻尾が生えていたら、仔犬のように忙しなく振りまくっているに違いない。

「まあ、そうよねえ。一人っきりじゃあ寂しいものね。やる気だって、なくなっちゃいそう」

まなみが同調してくれたのをよいことに、自己の正当化をさらに強める。

「でしょう？　だれも来ないいんだもの。ソロ活動の太鼓なんて、面白くないし」

ぼやく健作に、やさしい眼差しがずっと向けられている。

「判ったよ。じゃあ、二人で練習する？」

まなみの嬉しい申し出に、健作はぶんぶんと首を縦に振った。

まなみはリズム感がよいのか、みわに次ぐ腕前の持ち主だ。それ以上に、お近付きになりたくて仕方なかった彼女と過ごせるのはやはりうれしい。

「あれ？　でも、まなみさん、商店街の寄り合いは？」

まなみのご主人は、普通のサラリーマンであると聞いている。つまり、彼女もみわ同様に店主として寄り合いがあるのではないかと思ったのだ。

「うん。なんとなく気が乗らなくてね……。むしゃくしゃするのを太鼓でも叩いて紛らわそうかなって……。寄り合いの方は、まあ皆さんにお任せしちゃうわ」

日本人離れした美貌が、一瞬曇ったのを健作は見逃さなかった。

けれど、いくら図々しさが服を着ているような健作でも、触れてはならないものがあることを知らないわけではない。

「それにほら、ここに来れば健作くんに逢えるかもって……。ふふふ、その思惑通り、二人きりになれたわ……」

まるで流し目をくれるように、すっと視線が流れた。

クリッとした瞳は、白目が青白いまでに白く、その分黒目がくっきりしていて、吸い込まれそうなほど神秘的に光り輝いている。

アイラインなど必要がないくらいの二重瞼と、ふっくらした涙袋が色っぽい。

「え、俺とですか？　てへへ、うれしいっす。俺もまなみさんとお近付きになりたかったから」

相変わらずの調子よさで返したものの、内心はドキドキだ。

崩れかけた相好を、無理やりきりりと引き締め、まなみの返しを待つ。けれど、返ってきたのは、そっけない返事だった。

「そう……。じゃあ、ちょっと待ってね。準備するから……」

着ていたコートを脱ぎ、動きやすい格好になるまなみ。ブラウンの縦じま編みのニットが、モデル体型の上半身にぴったりとフィットしている。

スリムジーンズを颯爽と穿きこなした姿は、惚れぼれするほどカッコいい。

胸元まである髪を後ろに束ね、ポニーテールのようにしてゴムで結ぶ。

その間に健作は、彼女のための太鼓を用意した。

一斗樽《いっとだる》程の大きさの太鼓を台に載せ、自分の太鼓と向かい合わせに設置した。

「ありがとう。じゃあ、やろうか……」

小顔を合図するように頷かせ、両肩と同じ幅で足を開き、ぐっと構える。美しい肉体の持ち主が、この姿勢を取るとこれほど決まるものかと見惚れてしまう。細い手指に握りしめたバチが、ゆっくりと天に運ばれる。

「やっ！」

短い気合いを機に、急に力が抜けたようにまっすぐにバチが落とされた。

ドドン——。

心地よい太鼓の音が、会館に響いた。

ハーフと見紛うような美女が真剣な表情で太鼓を打つ姿は、凜としてすがしいにもかかわらず、どこか官能的でもあった。

「ほら、健作くんも……」

まなみに促され、健作も表情を引き締めて太鼓と正対した。

静謐《せいひつ》な空気の中、轟く音色を三十分も響かせると、もう汗だくになった。

一心不乱に叩き続けるまなみに遅れまいと、健作は必死である。

「うん。健作くん、大分上手くなった。これなら誰もくさしたりできないわ」

どれほどの時間が過ぎたのかも判らぬくらい集中していた。ふと時計を見ると、いつの間にか九十分ほども過ぎている。

「本当ですか？　俺の太鼓、よかったですか？　そっかあ、上手くなってきてるのかあ……」

心底ほっとして、健作はその場に座り込んだ。

みんなのレベルまで早く追い付きたい気持ちはあったが、正直自分でもそれが容易ではないことに気付いていた。

それもこれも全体練習の後にも、メンバーの誰かしらが付きっきりで教えてくれたお蔭だ。

「もう大丈夫。それこそ太鼓判！」

バッグからタオルを取り出して汗をぬぐいながら、まなみが健作の隣に座った。

トロピカルなフレグランスは、官能的な香り。甘酸っぱい彼女の汗の匂いと入り混じり、健作にダイレクトに迫ってくる。案の定、その匂いに誘われるように、一気に股間に血液が集まった。

穿いているのがジャージだけに、あからさまに股間のテントは目立った。

「まあ、健作くんったら元気なのね、こんなに汗をかいたのに……。それとも疲れマラっていうやつ？」

気付かれるのは仕方ないにしても、まさか、そこまであからさまに指摘されるとは

たのだ。思わなかった。知的美人の彼女だけに、もっとクールに澄ましている印象を抱いてい

「いや、これは、その……」

照れくささもあり、股間を両手で隠した。

けれど、そこに張り付いたまなみの瞳が、離れることはなかった。

「ねえ、健作くん……」

やわらかな声質が、微かに湿度を帯び艶めかしく聞こえた。

「健作くんは、瑠璃子さんや梨乃さん、早苗さんともそういう関係よね……」

白魚《しらうお》のような手指が、健作の太ももの上に置かれた。

「えっ、あの、それは、その……」

まなみの鬼灯《ほおずき》のように赤い唇から吐き出される疑問は、健作をしどろもどろにさせるものばかりだ。しかも、じんわりと伝わる掌の温もりがさらにそれに拍車をかけている。

「ふふふ、いいのよ隠さなくても……。私だって健作くんに興味あるもの……。健作くんがお目当てでここに来たって、さっき教えてあげたでしょう？」

太ももに置かれた手指が、ゆっくりと動かされ、やさしくくすぐられる。ぴんと伸

ばされた細い指先が、何気なく膨らみのあたりを突いている。

「あの、まなみさん？　俺、そんなことされたら……」

「あら、意外と初心《うぶ》なのね……。ほっぺたそんなに赤くしてかわいいっ！」

そう言うまなみの頬も紅潮している。透明度の高い肌だけに、ピンクに色づいて艶めかしい。

4

「ねえ、健作くん、私とではイヤっ？」

太ももを摩《さす》っていた手指が、さらに大胆さを増し、内ももから股間のあたりをまさぐられた。

「おうっ！　つぐふ……。イ、イヤだなんてそんな……」

やわらかなジャージ素材なだけに、まなみの戯れはダイレクトに伝わる。

「ああ大きいっ……。みんながこれに夢中なのね……。腰使いもいい仕事をしそうだって、お政さんが太鼓判を押していたし……」

ついに手指が勃起に絡み付き、甘い圧迫をはじめる。人妻の手練手管に、健作は他愛もなく陥落した。

「いいです。ああ、まなみさん……気持ちいいっ！」

「まあ、そんなに簡単になびいてしまっていいの？　瑠璃子さんたちが怒るわよ。それに、健作くんが大好きなみわさんもどう思うかしら」

みわの名を出され、さすがに健作はドキリとした。節操のない自分をまなみは、懲《こ》らしめるつもりなのだと判り、しゅんと萎《しお》れてしまった。

気持ちが萎《な》えると同時に、下半身も力を失っていく。

「あん。そんなにしょげないで……。ごめんなさい。嫉妬の度が過ぎたみたい。ねえ、健作くん、責めるつもりなんてないの……。第一、私だって人妻の身で、君を誘惑しようとしているのだから……」

「え、それじゃあ、まなみさんほんとに俺を？」

こくりと頷く美貌は、すでに蕩けたような表情を見せている。

「健作くんとそうなりたいの……。ちゃんと話すわね。私ね、今、夫と上手くいっていないの……。家庭内別居のような形で……。だからおんなとしての自信も失っていて……」

自信に満ち溢れ内面から光り輝いているようなまなみが、内心にそんな悩みを抱えているとは意外だった。

「健作くんなら、そんな私に自信を取り戻させてくれるかなぁって……」

俯《うつむ》き加減に話すまなみからは、いつものクールビューティの印象が消えている。それこそが生身の彼女で、儚くいじらしいまでに、おんなななのだと気づかされた。

「どうして、俺なんです？　俺がその……瑠璃子さんとか梨乃さんとか、ふらふらばかりしてるのに」

「そうね。確かに君がおんなにだらしがないのは、否《いな》めないけれど。でも、それだけ健作くんは正直なのかなぁって。自分にも他人にも……」

まなみの手指が、力を失っていた肉塊に再び火を灯そうと、やわらかく揉み上げている。ぴりりと走る甘い電流に、反応がはじまった。

「それに健作くん、私のことも意識してくれていたでしょう？　正確に言えば、私のカ・ラ・ダ・に」

甘勃ちしはじめた肉塊をぐにゅっと締め付けられる。数秒圧迫されては、やさしく解放されが繰り返す。

「あおうっ！　そ、それは、まなみさんが悩ましい身体付きをしてるから。でも、身体だけじゃありません。眩しいくらいの美しさに……ふぐうっ！」

やわらかな掌が、肉皮を引っ張るように上下運動をはじめる。

ジャージの上からでなければ、打ち漏らしていたかもしれないほどの快感だった。

「私に魅力を感じてくれる健作くんだから……。もっと魅力を見つけてもらえるように誘惑してみようかなって……。うふふ。一度でいいから獣のように、若い男を味わってみたいの」

大きな瞳に妖しい光を宿し、まなみが健作のズボンをずり下げにかかる。

「えっ？　ああ、まなみさ〜ん」

ぶるんと飛び出した勃起に、すぐさま手指が巻き付いた。

肉柱に沁み込むような、なめらかな感触。器用な右手がやわらかく肉幹を圧迫し、左手指は皺袋をやさしく包み込む。睾丸をあやすようにくすぐられ、健作は目を白黒させた。

「私の全てを味わわせてあげる。ああ、だから私に、自分がおんなだって思い出させて……」

しなやかな身体が健作にすり寄り、そのやわらかさを知らしめる。

ボン、キュ、ボンのメリハリボディが熟れていることを、セーター素材の上からでも充分に知れた。これだけ締まった女体だからもう少し筋肉質なのかと思っていたが、そうではない。むしろ女性らしくたおやかで、どこもかしこもがふっくらもちもちしている。肌が保つ水分の豊かさが、モデル体型を維持しながらも、これほどまでにやわらかい秘訣なのだろう。

仕事柄、肌の手入れと健康管理には余念がないらしく、現代の仙水である化粧品で、玉に磨いた賜物《たまもの》なのだ。

「まなみさん。ああ、なんて気色いいんだ。手コキもお肌も最高ですっ！」

わななく唇に、まなみの朱唇が覆いかぶさった。

ふっくらした唇は、マシュマロのようにやわらかく、グミのごとき弾力がある。これまでに触れたどの唇よりも扇情的で、口づけでこれほど興奮したことがない。

健作は情熱的に朱舌を求め、激しく吸いつけた。差し出された舌に、自らの同じ器官を擦り付け、美熟女の欲情を誘う。

口腔に溜まった彼女の唾液《だえき》は、不思議なほど甘い液体だった。

「まなみさん、すごい！　こんなに興奮したのはじめてかも！」

「ほんとうに？　じゃあ、もっと興奮させてあげる」

言いながらまなみは、健作の太ももに跨ったまま、身に着けたセーターを脱ぎ捨てた。

想像以上のゴージャスボディが、全容を露わにした。

黒のブラジャーからお肉がはみ出しかけた乳房。その大きさは、梨乃よりはやや小ぶりなものの、その深いくびれのお蔭で、凄まじくメリハリが利いている。

無駄な脂肪がついておらず、流れるような完全無欠の曲線美を誇っている。だからと言って痩せぎすでもなく、たまらない肉付きに熟れているのだ。

「わわわっ、まなみさん眩しすぎです。こんなにいいカラダしているなんて！」

健作が誉めそやすたび、人妻の美貌は冴えていく。誇らしげな表情を浮かべ、細腕が背後に回された。

「まなみさん……」

あんぐりと口を開けたままブラジャーが外される瞬間を見守り続ける健作。その名前を呼んだきり、言葉が出てこない。

ブラジャーの支えを失っても、ハリのある乳房は重力に負けることがなかった。むしろ引力の法則に抗うがごとく、ツンと上向きなのだ。

黄色味がかった薄茶の乳暈は、汗にヌメ光り黄金色にも見える。やや大きめの乳首は早くもせり出し、表面のポツポツまでが浮き上がっていた。

「きれいなおっぱい！　しかも、まなみさんのおっぱい、ゴージャスぅ！」

喉奥が張りつくほど、ボルテージが上がっている。

無意識のうちにぎゅっと菊座を絞り、勃起を跳ね上げていた。

手指を広げ、乳肌に覆い被せようとすると、女体が後ろに退《しりぞ》いた。

「ちょっと待って……慌てなくても、今、触らせてあげる……。でも、先に、これも脱いでしまうわね……。ねえ、君も上を脱いだら？」

惜しげもなく上半身を晒したまま、まなみはジーンズの前ボタンを外した。促されるまま、健作も身に着けていたものを脱ぎ捨てる。

その間にもまなみはファスナーを開き、婀娜っぽい腰部からジーンズを剝く。健作に跨ったまま器用に、片足ずつ抜き取り、その肢体も晒してくれた。

黒いパンティも手早く脱ぎ捨てたまなみが、ぐいと健作の胸元を押し、床に体を横たえさせる。その上に、彼女が覆いかぶさってくるのだ。

「うわああっ、まなみさんのお肌、気色よすぎです」

健作のあらゆる部分に、しっとりとした肌が纏わり付いてくる。胸板には乳房がとろーりと纏わり付き、まるで生クリームにコーティングされたよう。お腹のあたりには、彼女の引き締まったお腹が、首筋にはしなやかな腕が絡み付いてきている。

「うおっ！　まなみさんの太ももが、俺のち×ぽに！」

まなみの太ももにペニスが挟まれ、むぎゅっと圧迫される。亀頭表面には、彼女の肉花びらが、しとっと纏わり付いている。肉厚の土手のふっくら感も心地いい。

「ま、まなみさんの素股ぁああっ！」

熟妻の手練どころか、淫婦のごとき手管に、健作は翻弄《ほんろう》されている。けれど、その幸福なことといったらこの上ないほどだ。

ぷにぷにトゥルントゥルンの内ももに、やさしく圧迫される心地よさ。

女陰から滲み出た淫蜜を擦り付けられ、さらには自らの先走り汁を多量に吹き零して、すべり具合が高まってくる。

しっとりした吸い付きとぷりぷりの弾力。相反していながらも奇跡的に同居している女肌の感触。パンと張りつめていながらも、ふわとろにやわらかい乳房。どこもかしこもが若牡を悦ばせる性具なのだ。

「ぐふううっ、まなみさんとセックスしてるみたいぃ」

男好きのする肉づきを抱きしめる充実感に、健作は脳みそまで蕩けさせている。

「みたいじゃなくて、セックスしてるの。膣中にだって入れさせてあげるわ」

日本人離れした美貌をピンクに染め、知的な雰囲気をかなぐり捨てて、まなみは誘惑を繰り返す。

官能的な唇が、健作の小さな乳首に吸い付いた。覗かせた舌先で、舐めくすぐられる。

「うぐうっ、まなみさん、ダ、ダメです。俺、乳首弱い……ぐわあああっ」

ツンと勃起しはじめた小さな蕾をあやされるたび、亀頭先にまで快感が響く。しかも、その切っ先は、内ももと肉土手に絶えず擦れている。

「ふふふっ、ほんとうに敏感なのね。健作くん、可愛いっ」

小悪魔のような笑みを浮かべながらまなみが太ももをモジつかせた。

「ぐあああっ！」

やるせない快感に、男根をビクンと跳ね上げ、強烈な熱さと硬さを人妻に知らしめた。

「ああん、そんなにおま×こに擦り付けたら、おかしくなっちゃうぅっ」

まなみが太ももを捩じらせたのは、健作を追いつめようとするばかりではないらしい。熱く逞しい男根に、女陰を擦れさせるうち、自らも発情しているのだ。

「まなみさんも気持ちよくなってきたんですね？」

やるせなさに、健作は腰を蠢かしはじめる。まなみもその動きに呼応して、艶腰を動かしているため、その動きはおのずと激しいものとなった。互いが腰を大きくせり上げ、性器同士を擦れさせせるのだ。

「そうよ。感じてる。だって気持ちいいんだもの……」

粘膜花びらが肉幹にぶちゅりと口づけをくれる。いよいよ粘度を増した淫液が、たっぷりとまぶされた。

「んっくぅ、うふぅ、んんっ、あんんっ……」

小鼻を膨らまし、細眉を悩ましく寄せている。官能的な朱唇は、健作の首筋や鎖骨、胸板とあちこちに吸い付くため、くぐもった喘ぎばかりが漏れている。

「ああ、まなみさん……まなみさ〜ん……」

切羽詰まった声を上げ、ぎゅっとまなみを抱き締めた。背筋を反らせ、突き上げだけは止めようとしない。

じょり、ぢゅり、ぬぷ、ぢゅぷ、ぢゅちゅるるる──。

意識的に勃起の上ゾリを、肉土手に擦れさせる。

膨れあがったカリ首で、花びらの合わせ目にある肉芽を擦るつもりだ。その狙い通り、人妻は吸い付けていた唇を離し、はしたない喘ぎを上げた。

「ほううっ……ああ、そこは……ふおっ、ほおおおおっ！」

二枚の薄い鶏冠のような粘膜を、ぐいぐい肉竿でしごきながら、クリトリスをも擦りつける。べっとりと潤った女性器を荒々しく蹂躙した。

「け、健作くぅんっ！」

必死で太ももを閉じ合わせ、肉ビラの帳が開いてしまうのを抑えながら、暴れ回る若牡にしがみついてくる。

互いの陰毛同士をもつれさせるほど、みっしりと抱き合った。

「もうだめ、まなみ、もう我慢できない……。このまま健作くんが欲しいっ！」

透明度の高い肌が紅潮しているのは、欲情の焔が燃え広がった結果か、それとも若牡をねだる羞恥からか。いずれにしても、いいおんなぶりで、最高に色っぽい。

5

「俺も、もう我慢できません。まなみさんのおま×こに挿入《い》れたい！」

まなみに負けず劣らず、顔を真っ赤にさせて健作は叫び声を上げた。

心の底からまなみを求めてやまない。

驚いたことにまなみは、さらにその美をもう一段上に昇華させている。滑らかな肌、甘い体臭、悩ましい乳房、くびれた蜂腰、しなやかな肢体、悦びに輝く美貌。その全てが気品に満ちていながら、濃厚に性色を帯びることで、妖しい色香を漂わせて止まない。

本気で発情した人妻は、健作が圧倒されるほどエロいのだ。

「まなみの好きにさせてもらっていい？　まなみが上のままで、たっぷりと健作くんを味わいたいの」

「お願いします！　その代わり、下からまなみさんのおま×こ突きまくりますからね」

ゴージャスボディに淫語を浴びせると、透き通る素肌全体がさらにピンクに染まり、ゾクリとするほどの官能美を滲ませる。

「ええ、いいわ。いっぱいおま×こを突いてっ！」

微かに恥じらいを滲ませながら、まなみも淫語を吐いてくれる。その言葉とクールビューティとのギャップが、余計淫靡さを感じさせた。

女体を持ち上げ、まなみはカエルのような格好で健作に跨っている。そんな姿までもが、まるで背後から後光が差しているように麗しい。

（すげえっ、まなみさんがさらに美しくなっていく。それにゾクゾクするほどエロい！）

理知的な美しさに加え、円熟したおんなの芳しさを同居させている。まるで女神のような美を咲き誇らせているのだ。

「まなみさん、きれいです。本当にきれいだぁ……。超魅力的で、まぶしいです！」

本心から誉めそやす健作に、蕩けんばかりの笑みが向けられる。

色あせたと思い悩んでいたおんなの魅力を、健作によって再確認できたお蔭でさらにその美を冴えさせているのだ。

「うれしいっ。まなみは健作くんに癒されてる。お礼にまなみを味わって……」

浮き上がった細腰が、亀頭部に微調整される。

淫らな牝孔に引き込まれるように、健作は頭を持ち上げた。

縦に刻まれたクレヴァスが、新鮮な粘膜を覗かせている。

まなみの女性器は、その容貌と同様に、美しく整った印象だ。

「新鮮なピンクなんですね。ぐしょ濡れで光り輝いている……」

健作が感想を述べると、ヒクヒクッと恥ずかしそうに肉花びらが揺れた。

「あん、いやな健作くん……。まなみが濡れているのは、健作くんが欲しいからよ」

しなやかな左手が健作のお腹にあてがわれ、自らの体重を支えながら膣口に亀頭部を向けた。

「ああ、まなみさん……っ！」

細腰がゆっくりとその位置を沈み込ませ、切っ先が女陰粘膜に呑み込まれていく。

「あぅふぅっ！」

淫靡な水音が立ち、大きくエラの張った亀頭が迎え入れられた。

ぶちゅるるる、くちゅん──。

思い切ったように、さらにまなみが腰を沈ませると、半ばまでが咥え込まれた。

「んんっ！　あううぅっ……ほおおおっ！」

牝獣の熱い咆哮《ほうこう》と共に、瓜実顔がぐんと天を仰いだ。

「ほふううううううぅっ！」

白い歯列をがちがちと噛みならし、開いた太ももを震わせている。ほつれた髪を頬に張りつけ、眉根を寄せる表情は、おそろしく扇情的だ。

ハァハァと熱い呼吸に、容の良い乳房が上下に揺れる。

「あぁっ、健作くん、大きい……それにとっても硬いっ！」

人妻とは思えないほどキツキツの膣孔に、熱い濡れ襞がびっしりと覆っている。それが勃起にねっとりと纏わり付き、きゅうきゅうと喰い締めて離さない。

「まなみさんのおま×こ、超気持ちいいです。締まりがよくって、くすぐられる感じで……」

　しかし、まだ勃起全体が呑み込まれたわけではない。雄々しい屹立は、未だ半分程度が残されている。

「う、嘘……。健作くん、なんてすごいの……こんなのはじめて……ああ、まなみのおま×こ、拡がっちゃうぅ……」

　まなみは呻き声を漏らし、眉根を寄せて脂汗を滲ませた。エラの張り出し、血管でごつごつとした肉幹の感触、長く太い存在感、その細かいディテールの一部始終を膣肉が覚え込んでいく。

「はううぅっ……んんっ……あ、あああぁっ」

　熱い衝撃に狼狽するかのように頬を強張らせ、それでもその甘美な悦楽を味わいつくしている。

「ま、まなみさぁんっ！」

　真っ赤な顔で呑み込まれるままでいた健作は、ついにもどかしくなり、自らもずんと腰を押し出した。両手を伸ばし、揺れまくる乳房を恭しくすくい取る。

「あううっ……ああ、ダメぇ、こ、こんなことって……まなみ挿入《い》れられただけでイッちゃいそう！」

突き上げられた拍子に力尽きたのか、両膝が折られた。さらに巨根が、ずぶんっと根元まで嵌まり込む。健作の胸板についた両腕からも力が抜け、まなみの全体重が突っ伏してくる。

「ふうううんっ、ああ、変っ……まなみいつもより敏感になってる……お腹の中に健作くんがあるだけで、どうしようもなく感じるの」

久しぶりのセックスに性神経が過敏になっているのかもしれない。透き通る肌を紅潮させて、荒く息を継ぐまなみ。

勃起を呑みこんだ女陰が、妖しくヒクついている。

「あうううっ、イクっ！　あ、ああっ、はあああああっ！」

はしたない喘ぎを零し、人妻は初期絶頂に呑まれた。深々と肉塊を咥え込んだまま、あられもなくイキ様を晒すのだ。

その美しすぎる絶頂に、魂を抜かれたように健作は魅入られた。

「まなみさん、イッちゃったの？　ものすごく色っぽい表情でイクのですね……」

「ああ、だって気持ちいいの……。それにまさか、おち×ちんが子宮にまで届いちゃうなんて想像もしていなかったから……」

ツヤツヤに頬を染めて恥じらうまなみ。クールビューティのはにかむような表情に、健作の男心が激しく刺激された。

　アクメが収まりつつあるとはいえ、充溢した膣襞は、妖しく蠕動を繰り返している。何か別の生き物が棲みついているようなその感覚に、健作の官能もボルテージを上げている。

「でも、まだイキ足りないでしょう？　俺がまなみさんをいっぱいイカせてあげます」

　まろやかな尻たぶを抱きかかえるようにして掌をあてがい、ぐいっと引きつけた。ゴージャスボディをぐぐっと揺さぶり、悦楽の漣《さざなみ》を引き起こす。

「ひうん……あううっ、あ、ああ〜っ！」

　子宮口にキスしていた鈴口をゆっくりと退かせ、ぞりぞりと互いの陰毛を擦れ合わせる。

　なめらかな乳肌が、健作の肌を堪《たま》らなく擦る。

　互いの身体に噴き出した汗までも、ねっとりと交わらせる。その間にも濡れ襞は、猛り荒ぶる勃起を鎮めようと、精一杯やさしく包み込んでくれるのだった。

「うれしいですっ。まなみさん！　まなみさんとこんなふうになれて」

　健作の声は、感動にひきつっている。

「そうね。ぴっちり隙間なく、健作くんと繋がっているわ……。ねえ、まなみのおま×こはどう？」

「最高です。ものすごく気持ちよくて、ち×ぽが溶けちゃいそうです！」

悦びに震える健作に、おんなの矜持を存分に満たされるのか、まなみの表情には官能と悦びがくっきりと表れている。

「まなみには、健作くんのこの癒しが必要だったの……。ああでも、大きすぎて壊れちゃいそう……」

きつすぎるほどの太さと長さに下腹部が重く痺れるのか、婀娜っぽい腰付きをくなくなとくねらせている。まるで白蛇がのたうつがごとく、健作にその素肌を擦り付けている。

「いいいっ、ああああああぁっ」

極度の興奮に陥った健作もむぎゅりと尻たぶを摑み、前後に女体を揺さぶった。

まなみの肉芽を勃起の付け根で擦り、はしたない啼き声を次々に絞り取る。

ぞりゅ、ねちゃ、ぐぢゅ、にちゃ、ぢゅり、ぶちゅ、ぐちゅ、ぐちゅちゅっ──。

リズミカルな腰送りに、上半身をしなだれかからせたまま人妻も、艶腰をくねくねと躍らせる。

徐々にその腰つきが激しくなり、快感を貪るような動きとなった。

「はむうっ、ああ、いいっ、ねえ、まなみ我慢できないっ、ねえ、いいのぉ」

淫靡な悦楽を追い求め、引き締まったお腹がふしだらにうねくねる。

「もっと深く貫いて！　啼かせて！　まなみを狂わせてえ！」

ひた隠しにしていた本性を露わにするかの如く、その身に纏っていたはずの知的オーラもかなぐり捨てて、積極的に責めてくるのだ。

「ああ、すごい。まなみ狂っちゃうっ！　ああ、またイキそう……ねえ、イッちゃううぅっ」

ふしだらに腰を揺らめかせるまなみ。負けじと健作も下から激しく突き上げる。まさしくロディオのようなセックスに、互いの性感が急角度に上昇する。

「ほううぅっ、ああ、すごい、すごい、イクっ、ああ、まなみイクぅっ！」

またしてもまなみがビクビクビクンと女体を痙攣させてアクメを迎えた。しかも、その絶頂は第二波、三波と立て続けに押し寄せて、人妻を溺れさせている。

「うそぉ……まなみ、こんなにイクの、はじめてよ……。恥ずかしいくらいイッてる……」

整い過ぎた美貌にパーフェクトボディの持ち主だけに、かつての男たちは挿入しても長続きしなかったのだろう。不倫を犯した禁忌の思いと、年若い男との交わりが、まなみを余計に敏感にさせているのかもしれない。

「ねえ、健作くん……まなみイクの止まらないのぉ……」

凄まじくイキまくる痴態に、健作はあっけにとられながらも、そのあまりに耽美的な風情に煽られている。

ドクンと血が滾り、肉柱にその血流が押し寄せ、超高硬度に高ぶるのだ。

「まなみさん……俺、もうっ！」

健作の様子に、すぐにまなみも察してくれた。

「きてっ！　おま×こに全部射精《だ》してっ！」

膣内射精を許された健作は、猛然とスパートを開始した。

「くううっ……はあぁぁん、あっああん！」

健作に呼応してまなみの腰つき、柔臀の揺さぶりも大きくなった。

「ひ、くるっ…おおきなのが来ちゃう……ああ、もう……ねえ、健作くんも……」

おんなの嗜《たしな》みを忘れ、自らにとって一番気持ちが良い部分が擦れるように、蜂腰が本能のままくねるのだ。

健作もまた自らの最大の欲求を満たすべく、突き上げを烈しくさせた。背筋と腹筋に物を言わせブリッジをするようにして、ずぶずぶの女陰を突きまくる。

「もっと、激しく……メチャクチャにして……ああ、イクっ……一緒に、一緒にぃっ!!」

ずんッ、ぶぢゅるっ、ぐぢゅッ、ぶちゅッ、ずこッ、かぽっ──。

重い衝撃と共に、激しく膣奥まで抉る。中空にまなみの腰を置き去りに、男根が抜け落ちる間際で、今度は持ち上げた尻たぶを重力のままに叩き落す。

「はおおぉっ！　そうよ、ああ、それすごいっ……おおおん……いいっ、ああ、イクぅっ……イクぅっ〜〜〜!!」

凄絶な色香を振りまきながら官能を味わい尽くすまなみ。射精衝動に捉われた健作は、そんなイキまくる人妻に魅入られるように、ついに限界に到達した。

「射精《で》る！　まなみさん射精《だ》すよ……うがあああっ!!」

突き上げ運動を止めると、奥歯をぐっと食いしばり、トリガーを絞った。

びゅっびゅっと、劣情の種を胎内いっぱいにまき散らす。それを子宮で受け止めるまなみも、何度目かのアクメに打ち上げられる。健作の首筋にヒシとしがみつき、兆しきった表情で妖しく啼き続けるのだった。

「はああっ、あおぅぅ……あはあ、あ、ああああああああぁぁぁっ！」

甘美なひと時を、絶世の美貌がイキ乱れるのを見つめながら味わう。苦しいほどおんなに抱き付かれ、たっぷりと精を放つ満足感。

「あぁっ、まなみさんっ!!」

男として得られる幸福の全てを手に入れたかのように、心が躍る。至高の悦びを与えてくれた女体を、健作もぎゅっと抱き締めた。

うっとりと美貌を蕩かせたまなみが、逞しさを増した健作を称《たた》えるように、その頭を撫でてくれる。官能的な口元が、満足げに微笑んでいた。

第五章　絶頂する未亡人

1

いつになく寒い春だった。

それでも草花は芽吹き、桜は妖しくも荘厳に咲き誇る。

めでたくも健作は、留年が決まった。

午前中はなんとか大学に通っていたものの、午後からのほとんどを仕事（？）に費やしていれば、それも無理からぬことだ。

「長い人生、少しくらいは寄り道も必要だ。無駄なことなどひとつもないぞ」

健作を励ますつもりだったのか、祖父はそんな言葉をかけてくれた。もっとも、能天気な健作だから、もとより凹《へこ》んでなどおらず、いっそう『洗濯屋の健ちゃん』にいそしんでいる。

　懸念されたのは両親の反応だったが、そもそもが母からのお達しで祖父母のもとに派遣されたこともあり、この結果については不問になった。

（まあ、五年かかっても、六年かかっても、卒業はするさ……。それで就職が難しくなるなら、じいちゃんのクリーニング店を継げばよいし……）

　安直なその考えは、まだ誰にも話していない。ただでさえお気楽と見られるだけに、さすがに「これ以上は……」と、世間体なるものを気にしたのだ。

　けれど、それは周りがよく見えていない健作らしい秘め事とも言える。

　実は最近の竜神商店街のもっぱらの関心事は、河野クリーニング店から健作がいつ立ち去ってしまうかだったからだ。

　病気で入院していた祖母が、店先に立つまでに回復した今、健作が学業に戻ることを当人以外の誰もが当然と思っていた。

　竜神商店街の客足は、少しずつ戻っている。その全てが健作のお蔭とまでは言わないまでも、商店街の宣伝部長のような役割でかなりの貢献を果たしているのは確かなのだ。

　異分子である健作の存在が、新風を巻き起こしたとも言える。それだけに、健作がいつまで竜神商店街に留まってくれるかは、街中の関心事なのだった。

「健作くんを繋ぎ止めることができるのは、やっぱり氷川デンキの瑠璃ちゃんかい？」

「あら健ちゃんのマドンナは、フラワーショップのみわちゃんだって、お政さんから聞いたよ」

「おやまあ、健作くんは、年上の未亡人がお好みかい？　隅《すみ》に置けないねえ……」

そんな噂話が、あちこちで囁かれている。そんな中、竜神太鼓の奉納をメインイベントに据えた商店街のセールが始まった。


「どうだい。竜神商店街を上げての一大イベントだ。組合長を焚《た》き付けて拵《こしら》えた特設舞台も立派だろう」

竜神さまの境内に設置された特設舞台を前に、お政さんが自慢げに言った。

商店街では古参のお政さんだけに、その口添えは大きく、健作が期待した以上の出来栄えだった。

「うん。健ちゃんも、いい男ぶりだ」

隣に立つ健作を眩《まぶ》しそうに見上げてくる。

じきに始まる奉納太鼓に備え、健作は半股引《はんももひき》に法被《はっぴ》、頭にねじり鉢巻き、胴にさらしを巻いたいなせな姿で決めている。

商店街そのものも、祭りの飾り付けがそこかしこになされ、華やいだ雰囲気を醸《かも》し出していた。

組合で企画した美少女アイドルグループのミニコンサートも、彩りを添えてくれるだろう。

「よくここまで漕ぎ付けたねえ。健ちゃん、あんた頑張ったよ。ありがとうねえ」

お政さんは健作の手を取り、感慨深げに頷いている。

「私もねえ、もう少し頑張ってみようかってね……。健ちゃんが頑張ってくれているのに、申し訳ないだろう……」

お政さんが涙ぐんでいるものだから、つられて健作までもが鼻を啜りあげた。

「いやだねえ。年を取ると涙もろくなっちゃってさあ……。そうそう、竜神太鼓の娘たち、さっき覗いてきたけれど、すごく華やかだったよ……」

七十を過ぎた彼女には、三十路《みそじ》のみわも梨乃も若い娘としか映らない。

「特に、みわちゃんなんて、すっごく色っぽいから。健ちゃん、あんた惚れ直すよ」

意味ありげに健作の腕のあたりに身体をぶつけてくるお政さん。そこに、噂の女性陣がやって来た。

健作と同じ法被に半股引姿。思い思いに髪をまとめてねじり鉢巻き。普段はあまり見られない白いうなじが艶めかしい。膝上三十センチの半股引から覗かせるたまらない美脚。けれど、どこよりも目がいってしまうのは、彼女たちの胸元だった。

これもやはり健作同様、さらしを巻き付けているのだが、その悩ましいこと。

一番、大きく胸元を盛り上げているのは梨乃。その次は、まなみだろうか。スレンダーな瑠璃子も、大き過ぎず小さ過ぎずの早苗も、デコルテラインを惜しげもなく晒し、清々しい色香を振りまいている。

(うわああっ、超いろっぺぇー……。おっぱいが零れそうじゃん……。でも、素肌ってことはないよな。チューブトップのスポーツブラとか着けているよな……)

観客よりも一足早く、健作はじっくりと目の保養をした。

(ああ、でも、このみんなの姿、俺だけが独占していたい。他の誰にも見せたくない！)

そんな身勝手な嫉妬を覚えるくらい艶やかな彼女たちなのだ。

「やだあ、健ちゃん、目が三角ぅ……」

恥じらうように瑠璃子がスレンダーな身体をくねらせる。

「ほんと健作くん、スケベな目」

胸元を抱くように梨乃が言った。

「だ、だって、みんなが眩しすぎるから……」

だらしなく目じりを下げているところに、遅れて、みわがやって来た。

その艶姿に、健作は胸を射抜かれる想いがした。

（み、みわさぁ〜ん！）

瑠璃子やまなみたちの眼がなければ、大声で叫んでいたかもしれない。

凛とした気品の中、そこはかとなく匂わせる色香が、白い首筋やすらりと伸びる生脚から匂い立っている。

しかも、その胸元は大きいと思われた梨乃よりもさらにもうひと回り大きく、さらにきつく締め付けられている分、深い谷間ができ上がっているのだ。

（す、すげえっ！　みわさんのおっぱいって、ド迫力ぅ……）

その乳肌の透明度の深さは、まなみにも負けていない。光の加減によっては、ピンクゴールドに輝いているようにさえ見える。

みわの肢体を見ているだけで、健作の心臓はドキドキと早鐘を打った。

「もう、健作くん、みわさんを見すぎ……。でもまあ、仕方ないか、同性の私たちから見ても、みわさん色っぽいもの……」

負けず嫌いの瑠璃子でさえも、未亡人の艶っぽさには、脱帽してしまうのだった。

2

「みわさんの麗しのおみあし……。熟れ熟れの太もも……。それにあのド派手なおっぱい……。ああ、みわさ〜ん」

無事、竜神太鼓の奉納を終え、他のイベントも大盛況。想像以上に各店舗の売り上げも伸びて、万々歳のうちにセールは終了した。

大切なのは、セールが終わった後の日常と、商店街のみんなが張り切っている。

そんな中、健作だけがなんとなく浮かれた雰囲気を引きずっていた。何よりも、みわの悩ましい艶姿が、脳裏から離れてくれないのだ。

「春だぁ〜」

風に舞う桜の花びらが、みわの恥じらう姿のように感じられる。

都合の良いことに、いつものお婆ちゃんから仏花を頼まれ、ウキウキしながらみわの花屋へと向かった。

いつもであれば先触れの電話をするところだが、一刻も早くみわに逢いたい気持ちに急かされ、まっすぐカブを飛ばしている。

「毎度さま～。健作で～す。みわさぁ……んんっ？」

だらしなく伸びる鼻の下のように、健作の語尾も伸びきっている。けれど、それもみわの顔を見た途端、途中でのどに詰まってしまった。

レジカウンターに立つ未亡人の瞳に、光るものがあるのを認めたのだ。

健作に気づき、慌てて眦をハンカチで拭うみわだったが、間違いなくそれは涙だった。

（み、みわさんが泣いていた……）

その様子から、忍ぶように泣いていたらしい。いずれにしても、憧れの美女の涙に健作は、半ばうろたえ、半ば呆然《ぼうぜん》として、立ち尽くすしかなかった。

「健作くん。いらっしゃい……」

聖母マリア像のような慈愛の込もった笑顔で、こちらに歩み寄ってくる。そんな彼女に、もう健作は涙の理由を聞くことができない。

「あ、あの、いつものお婆ちゃんから仏花を頼まれまして……。ほら二丁目の……」

普段は後頭部でお団子に結んでいる髪が、胸元にふわりと降ろされていて、いつも以上に華やかな印象を持たせてくれる。

シャギーウェーブにカットされた髪は、わずかばかり栗色に染められている。

「まあ、それはご苦労さま。電話をくれれば、用意しておいたのに……」

すぐにお花を用意しはじめるみわを、健作は気を揉んで眺めている。

(みわさん、いつもと変わりないけど、何かあったのかなあ……)

どうしても、先ほどの涙が気になるのだ。

「うん、でも、ほら、近いですし……。早い方が冷めないですから……」

「冷めるって、お花が？　うふふ、健作くん面白い」

冗談と受け取ったみわは、いかにも愉しそうにクスクス笑っている。つられて健作も笑った。

「あはは……。ですよね。蕎麦屋の出前じゃあるまいし……」

盆の窪を掻きながらへらへらしていると、そこにスマホが鳴った。

「あっ、メールだ……」

みわを十分すぎるほど意識していながらも、どこか上の空で会話している。だからだろうか、なんの気なしにスマホを取り出しメールの内容を確認した。

「相変わらず、忙しいのね……」

その言葉で、はじめて健作は自らの非礼に気がついた。けれど、みわは、そんなことを気にする風でもなく、笑みを絶やさずにいてくれる。

「すみません。失礼なことをしてしまって」

「あら、どうして？　お客さまからの依頼でしょう？　仕方ないじゃない」

ホームページ経由で、スマホに依頼が届くように設定してあることを、みわも知ってくれている。

「最近はなんだか、急かされているみたいで、ちょっと……」

言う傍《そば》からまた、スマホが鳴り出す。

順調に依頼が舞い込むことは、決して悪いことではない。けれど、こんな時は、少なからず煩《わずら》わしさも感じられる。

「忙しいに越したことないじゃない……。でも、そっか、健作くんの場合、その依頼が必ずしも本来のお仕事とは限らないものね。って言うか、ほとんどが商店街のお仕事でしょう？」

「それは、俺が自分ではじめたことだから仕方ないのですけどね」

「うん。でも、いつまでも健作くん一人に頼っているわけにもいかないじゃない。それに休みもないのでしょう？　だめよ、若いからってムリばかりしては……」

いつの間にか、心配する立場が入れ替わっていることにも気付かず、本気で気遣ってくれている彼女にポーッとのぼせていた。

「これからのこと、一緒に考えましょう」

健作の手の甲に、みわのやさしい掌があてられた。

しっとりすべすべの手の感触に、背筋に微電流が走る。

キラキラと光り輝く大きな瞳が、まっすぐにこちらを見つめている。

「み、みわさん！」

心臓が口から飛び出してきそうなほど、早鐘を打っている。その鼓動が彼女にも聞こえてしまいそうで恥ずかしい。

「みわさん、俺……」

手の甲をくるりと返し、やさしい風合いの手指をぎゅっと握りしめた。

(うおっ！　みわさんの手、やわらかっ！　ちょっぴり、ヒンヤリしてるけど、すべすべだぁ……。ああ、みわさ〜ん！)

鼻血どころか鼻から精液が吹き出してきそうなほど、さらにのぼせ上がる健作。けれど、その幸せは長くは続かなかった。

一組の客が扉を開き、真鍮《しんちゅう》製のドアベルが鳴ったからだ。

はじかれたように二人同時に手を引っ込める。

お互いに赤らめた顔を見合い、余計に頬を熱くした。

3

「雨が降りそうね……。気を付けて、いってらっしゃい……」

曇天の空を見上げて、まるでみわは夫を送り出すようにやさしく声をかけてくれた。

くすぐったい想いを抱きつつも、やはり心はウキウキと躍る。

（みわさんを奥さんにもらったら毎日、こんなふうなのかなぁ……）

スクーターに跨りながらも、健作の妄想は留まるところを知らない。

（姉さん女房かぁ……奥ゆかしいみわさんとの生活ってどんなかなぁ……）

頭に浮かぶのは、みわのあの竜神太鼓の姿。惜しげもなくもろ肌を晒し、艶めかしくも凛々しい立ち居振る舞い。

特に、さらしのまかれた豊かな胸元が、太鼓を叩き躍動すると同時に、ゆさゆさと揺れていたのは、しっかりと脳裏に刻まれている。

（あのすごいおっぱいを揉まれて、どんなふうに悶えるのかなぁ……）

あまりに妄想が高まり過ぎて、赤信号を見落としそうになる。急ブレーキをかけて、両脚を地につけると、頭を軽く振った。

(いかんいかん。貞淑なみわさん相手に、なんていけない想像を……)

健作の中では、みわへの憧れが強まり過ぎて、理想像としてでき上がっている。清らかで、つつましく、貞淑な未亡人であると、勝手な思い込みがあるのだ。

現実にみわは、清楚で、落ち着きがあって、癒し系の女性なだけに、その思い込みに拍車をかけている。

(そう言えば、みわさん。悲しそうに泣いていたっけ……。本当に、何があったのだろう……。未亡人の寂しさに涙していたのかなあ……)

だらしなく浮ついていた自分を健作は恥じた。自らの悲しみを隠し、健作のことを思いやってくれた彼女なのだ。

(みわさんの寂しさを、俺が埋めてあげたい!)

青に変わった信号のタイミングが、その背中を押すようで、健作は意を強くした。

「俺が、みわさんをしあわせにするんだぁ!」

スロットルをふかしながら青臭い雄叫びをあげた瞬間、目の前に小さな影が飛び出した。

「うわっ！　こ、子猫ぉ!!」

飛び出した勢いで、そのまま横切ってくれればよいものを、何を思ったのか途中で引き返したばかりか、ご丁寧にもその場で立ち竦《すく》むのだ。

「ええっ！　そ、そこで止まるなよぉ！」

動転した健作は、反射的にスクーターのハンドルを左に切った。それが失敗だった。それほどのスピードではなかったのだから、あわてさえしなければ子猫は避けられたはずだ。にもかかわらず、急激にハンドルを操作したせいで、スクーターは縁石に乗り上げ、そのままウイリー状態であらぬ方に進もうとする。

「あっら〜〜〜っ」

奇声を発しつつ、咄嗟にスクーターから飛び降りた。

幸いにもカブは、再び車道に戻り、バランスを崩して倒れた。

ズザザザーッ──。

擦過音を上げながらアスファルトの上をスクーターが滑っていく。

飛び降りた健作は、奇跡的に両脚で着地したものの、もんどり打って道路に倒れた。

その拍子に、頭をゴツンと道路にぶつけた。

カラカラカラと、カブのタイヤが空回りする音がゆっくりと遠ざかっていく。

気がついたのは、救急車に乗せられてからだった。

どうやら脳震とうを起こしたらしい。

「あの大丈夫ですから……。病院へは……」

けれど、一度救急車に載せた以上、病院まで運ぶのが規則と説得され、やむなく近くの救急病院へと運ばれた。

「う～ん。脳に異常はなさそうだね。君、気が弱い方？　ショックで気絶したようだね」

それが医者の見立てだった。確かに、痛いところも何もない。

自らのヘタレかげんに、我ながら呆れた。

CTや血液の検査結果ばかりを見ていた先生が、はじめて健作に向き直った。

健作の頸椎《けいつい》の位置に手を伸ばし異常の有無を確かめてから、乱暴に首の向きを変えさせる。

「首もいたくないね？　ムチ打ちもなさそうだね……」

最後に、両目の下を引っ張られた。網膜に充血がないかを確認したのだろう。

「でもまあ、疲れているみたいだから点滴でも打っとこうか」

どことなくめんどくさそうな先生の言葉だから、ありがたみも感じない。かと言って、健作に拒否する選択肢もない。

「はあ、じゃあ、お願いします……」と、気のない返事をすると、看護師さんに処置室へと連れられていった。

医者と違い忙しそうな看護師さんは、てきぱきと点滴の針を健作の腕に挿し込んで、処置室から出て行ってしまった。

点滴が終わるまでは、体を横たえるばかりですることもない。そのうちに健作は、また眠り込んでしまったらしい。


「ちょっと、健ちゃん。大丈夫？」

「健作くん、ケガはどうなの？」

けたたましい声に起こされた健作は、一瞬ここがどこなのか判らなかった。

「ああ、瑠璃ちゃん……。あれ、梨乃さんにまなみさんまで……。みんなどうしたの？」

言いながら体を起こそうとすると、点滴の管に繋がれていることに気が付き、ここが病院であることを思いだした。

「そっかあ。ここまだ病院なんだぁ」

まだ点滴は終わっていない。眠っていたのは、それほど長い時間ではなさそうだ。

再び横たえた体に、三人から代わる代わるに言葉を浴びた。

「そっかあ、じゃないわよ。健作くんが事故に遭《あ》ったって商店街は大騒ぎよ」

「私たち、お爺さまと一緒に駆け付けたの」

「それで、健ちゃん、ケガは？」

瑠璃子のその言葉で初めて三人は、健作の頭からつま先までを確かめるように見回した。

「お蔭様で、かすり傷一つありません。点滴は、過労気味みたいだからって先生が……。で、じいちゃんは？」

「ああ、お爺さまは受付に捕まって……」

救急で担ぎ込まれた患者の家族は、手続きやら何やらに追われる。まあ、そこで健作の容態《ようだい》は聞かされているはずだから、もう安心しているはずだ。

「それにしても、事故だなんて……。また健作くんのことだから、ぼんやりして運転でもしていたのでしょう？」

瑠璃子に腐されても、その通りだから反論できない。何よりも、心配してこうして駆け付けてくれたのだから、感謝の気持ちがあるばかりだ。

「でも、よかった。健作くんに何もなくって……」

クールなはずのまなみも、温もりの通った安堵の表情を見せてくれる。

ほんわりとした空気に包まれ、健作は我が身のしあわせを思う中、またしても処置室の扉が勢いよく開けられた。

「け、健作くんが事故に遭ったって……」

ひどく取り乱した様子で飛び込んできたのは、みわだった。

ベッドに横たわる健作を認め、駆け寄るのだ。

「み、みわさん……？」

「けがはどうなの？　頭は打たなかった？　めまいとかしていない？」

健作の顔を見ても安堵するどころか、今にも泣き出しそうな表情で聞いてくる。

「いや、あの……。全然大丈夫ですから……。安心のためひと通り検査したけど、問題なしでした」

半ばたじろぎながらも健作は、みわを宥《なだ》めた。

「本当に……？　よかった、健作くんに何かあったらわたし……。夫もバイク事故で亡くしたから……」

健作の手をぎゅっと握りしめホッとするみわの様子に、先に駆け付けていた三人は気を利かせるつもりなのか、そっと部屋を出て行った。

4

「ねえ健作くん、本当に歩いて帰っても大丈夫なの？　タクシーにしない？」

気遣ってくれるみわの気持ちがうれしい。けれど、健作としては、こんなふうに二人で歩けるチャンスを逃したくはない。

せっかく瑠璃子たちが気を利かせて、祖父まで連れて帰ってくれたのだから。

「もう。みわさんは、心配性だなあ。大丈夫ですって。なんか病院で少し寝てすっきりしたし……」

健作は、両腕を天に突き上げるように伸びをして、大丈夫とアピールした。

「つくう〜ぅっ……気持ちいいっ！」

三月の空気で肺を充たすと、体中に何やらエネルギーが満ち溢れていると感じた。病院で点滴を受けた効果かも知れない。

そんな健作を見て、隣でみわがクスクス笑っている。

「もう、あんなに心配させて……。わたしはなんだか損した気分！」

「へへへっ。ご心配おかけしました」

そぞろ歩きながら、健作は頭を掻いた。

「あそこで子猫が飛び出したりしなければね……」

「あら、猫ちゃんを避けようとして？」

「ええ。かわいい奴でしたよ。俺とばっちり目があいましたから」

「わたしは、てっきり健作くんがボーッと考え事でもしていたのかと……」

冗談めかしたやわらかな笑みが、投げかけられる。

「ああ、それは正解です。俺、みわさんのこと考えていました」

明らかに脳と口が直結している健作は、考えなしに告白めいたことを口にした。

「わたしのこと？　わたしのことを考えていてくれたの？」

大きな瞳がより真ん丸になった。

彼女にとって、それほど思いがけないことだったのだろうかと思う反面、それ以前の微妙な発言に健作自身慌てている。

「あ、いや、その……。みわさんの涙が気になって……。その、寂しいのなら俺が、埋めてあげられないかなぁって、そんなことを……」

あれほど自分のことを心配してくれたみわだからと、思いきって心中をぶちまけた。

けれど、期待していたとは異なる反応が返ってきた。

「わたしの涙って、なんのこと？　健作くんの前で泣いたことあったかしら？」

口紅の艶めく唇をＯの字にして、きょとんとした表情がかわいい。

「へっ？　だってほら、俺がみわさんのお店に行ったとき、涙を拭っていましたよね？」

「ああ、あれ。あれはね、コンタクトがずれて痛かったの。そっかあ、それを健作くん勘違いしたのね」

「ええっ!?」

今度は、健作が口をＯの字にする番だった。瞼をぱちぱちさせ、己の勝手な勘違いを認識した。

悲しそうとか、寂しそうと見えたのも、思い込みがそう感じさせたものらしい。

「うふふ。そう。わたしの涙を気に病《や》んでくれたの……。これで、おあいこね」

チャコール色のストンとしたシンプルなワンピースが、やわらかく揺れた。

「バカね、もう人を心配させないでね……。運転には注意すること！」

やさしく叱ってくれるみわに、愛情が感じられる。

「でも健作くん、やさしいのね。そんなにわたしのこと心配してくれたの？」

どことなく蕩けた表情のみわに、健作の心臓はまたしても高鳴った。

二人を取り巻く空気は、急速に良い雰囲気のものに変化している。

「あの、俺、みわさんのこと好きです！」

勢いに任せ、健作は告白した。

正攻法で想いを告げるのは、ここに来てはじめてかもしれない。だから、余計に緊張した。

「みわさんは俺の初恋の相手でもあるし……その……」

バクバクする心臓。緊張のあまり、周りも見えていない。そこがタイミング悪く、ラブホテルの前であることにも気付いていなかった。

「雨宿り……していこうか……」

小高くなった頬を真っ赤にして、みわが言った。

「へっ？　雨宿り？　雨なんか降っていませんよ」

確かに今にも降り出しそうな曇天ではあったが、まだ雨は落ちてきていない。雲空に手をかざしながら健作は、みわに問いただした。

「もう、バカねぇ……。いいのよ、わたしが健作くんに雨宿りしたいの」

健作の腕にみわの二の腕が絡められ、そのままホテルへと引っ張られた。

5

あり得ない展開に混乱をきたす健作を尻目に、みわがチェックインを済ませてくれた。

部屋に上がるエレベーターでも無言のまま、ただみわは健作と腕を組んでいる。むにゅりと肘に押し付けられたコットン素材のワンピースの胸元ばかりが、とにかく意識されてならない。

みわからキーを渡され、手早くドアを開け、部屋の中に滑り込んだ。

「意外と、きれいなお部屋なのね……」

シティホテルのような落ち着いた内装に、リゾートホテルのようなゆったりと造られたスペース。けれど、やはり一番大きな存在感を示すのはダブルベッドで、これからそこで繰り広げられる甘い時間を予感させた。

「わたし未亡人の癖に、はしたないわね。健作くんのような若い男の子と……」

健作は、まぶたまでボウッと桜色に染めたみわを美しいと思った。美しくて、儚くて、抱き締めてしまわなければ、どこかに消えてしまいそうに感じられた。

気づくと、彼女をきつく抱き締めていた。

みわの腕も、健作の背中に回され、抱き締めてくれている。

「いけないわね。抱き締められたくらいで、わたし火がついちゃっている……」

ムードたっぷりの仄灯《ほのあか》りの中、互いの腕は、相手の背中や側面をまさぐり合っている。

「健作くんが、わたしのことを見ていたこと、ずっと知ってた……。あふっ……商店街のみんなも、健作くんの味方で……んっく……。お政さんなんて、わたしを何度もけしかけていたわ」

艶めかしい吐息混じりに、みわが内幕を話してくれた。

「みんなお節介ですね」

「それだけ、みんなが健作くんのことを気にかけてくれているのよ……ふあぁ……わ、わたしも……」

「みわさんも気にしてくれてました？」

「そうよ。気になっていた。健作くんのことが、ずっと……。だから、わたしも素直になろうと……」

みわの心情を聞いて健作は、じんわりと心が温まるのを感じると共に、瑠璃子たちとの関係を彼女に教えないのはフェアではない気がした。

言ってしまうと嫌われてしまう恐れがないわけではない。このままエッチしてしまってから話そうかとずるい考えも起きたが、それは健作の性格が許さなかった。

「あの、みわさん、俺ね……」

言いかけた唇を、みわの人差し指が遮った。

「健作くんは、今はわたしを悦ばせることに集中して……。余計なことは考えなくていいの……」

「で、でも……」

「お願い。わたしのこと、こうしたかったのよね？」

みわの腰に落ちていた健作の腕を、もう一度自らの背中の位置に持ち上げさせる。

「健作くんが、みわの寂しさを埋めてくれるのでしょう？」

慈愛の籠った眼差しに、彼女が瑠璃子やまなみたちとのことを知っていると確信した。全てを知った上で、身を任せようとしているのだ。

なぜみわが、その気になってくれたのか皆目見当がつかない。けれど、それが彼女の望みでもある以上、健作としては精一杯答えるのみだ。

意を強くして健作は、再び肉感的な背筋をまさぐった。

「こうして、男の人に身体を触られるの久しぶり……」

紅《あか》く艶めく唇が、あえかに開き、わななと震えている。

扇情的に眉根をたわめ、未亡人としての気負いのようなものを薄れさせていく。

たまらず健作は、みわのワンピースをじりじりとたくし上げた。やわらかなコットン素材の下からは、伸縮性に優れたレギンスパンツがあらわれた。

腰部にぴったりとフィットしたレギンスパンツごと、左右に大きく張り出した安産型のお尻をつるんと撫で回した。

「うふんっ……んんっ……あふ、ああ……っ」

小鼻から遠慮がちに、悩ましい吐息が零れ落ちる。

右手でぞろりぞろりと尻たぶを撫で回し、左手をたくし上げたワンピースの内側へと忍び込ませる。

ツルンとした手触りは、薄手のキャミソールだろうか。シルク地のなめらかさは、そのままみわの素肌を連想させる。

健作は、その生地で背筋をふき取るが如く、やさしく撫で上げた。

「あっ……んっく……ふううっ……はふううっ」

胸元まである髪が、健作の頰をやわらかくくすぐる。

その髪から甘い匂いが漂ってきて、健作は思わず顔を埋めた。

(ふわあぁ、みわさんの甘い香り、バラの匂いにもちょっと似ている……)

うっとりと匂いを噛みしめながら、背筋やお尻をたっぷりと撫で回す。

相変わらずみわの手に、健作も背筋をくすぐられている。決して強い愛撫ではないが、その奥ゆかしい手つきが彼女らしくて愛おしい。

健作は顔の位置をずらし、白い首筋に吸いついた。

「あんっ……!」

女体がぴくんと反応を示す。それが余計に、健作を煽った。

痴漢のようにお尻を撫で回していた右手を、さらにぐいっと滑らせ、彼女の太ももを抱きかかえるようにして、股間部へと進ませた。

「あぅ……っく、ふあぁ……そんなところに、いきなりなの?」

内もものあたりをまさぐり、股座の中央に手指を伸ばした。

ストレッチ素材のレギンスを股間にぐいぐい食い込ませる。

「はぁあっ、みわさ〜ん!」

そのやわらかい感触に、溜息ともつかぬ感嘆の声を上げ、左腕の力でさらにグイッと女体を抱き寄せる。

大きな胸の膨らみが、ウレタン枕のように心地よく反発する。みわの肉体のあちこちが、これほどまでに健作を悦ばせてくれる。

冷静に事を運ぶことができなくなった健作は、本能の赴くままに、みわのワンピースを剝き取った。悩ましいまでに腰部にぴったりと寄り添っているレギンスパンツも、一気にずり降ろす。

「みわさん、なんて綺麗なんだ！」

オフホワイトのキャミソールと、淡い桜色のパンティに剝かれたみわは、ただただ恥じらうばかりで、健作の視姦にその身を晒してくれている。

ド派手に盛り上がる胸元も、むっちりと艶めかしい太ももも、しっかりと熟れているそのボディラインの全てを隠すことなく見せてくれるのだ。

「俺ね、おっぱい大好きなんです。それって、今思うと、初恋の女性がすごいおっぱいだったからかもしれません」

健作は、自らも着ているものを全て脱ぎ捨ててから、みわの手を取り、ベッドサイドへと導いた。

彼女をベッドに腰掛けさせると、自分もその脇に腰を降ろす。

「わたしのおっぱいに、ずっと触りたいって思っていたの？　いいわよ。健作くん、その願いを叶えても」

しなやかな手指が、健作の掌をゆっくりと膨らみへと導いてくれた。

キャミソールとブラジャーに手指を隔《へだ》てられていても、その膨らみは驚くほどやわらかかった。他の何とも比較できない独特の触り心地。まさしく、おんなだけが持つエロスの象徴なのだ。

「すごい。俺、みわさんのおっぱいに触っているのですね。ついに、念願のみわさんのおっぱいに……」

手指の中で、やわらかく踊る膨らみに健作は泣き出さんばかりに感動していた。

「もう、健作くんたらオーバーね。まだ直接触ってもいないのに……」

恥ずかしげに頬を赤らめながらも、みわがクスクス笑う。それが健作には何よりしあわせだった。

「みわさんのおっぱいに直接触ることができるなら、俺、死んじゃっても構わないです」

そんな軽口にも、みわはまともに反応してくれる。

「いやよ。死んだりしちゃ……。健作くんは、わたしより先に逝《い》かないでっ！」

未亡人の痛いまでの心情に、健作はぶんぶんと首を縦に振った。

「わかりました。みわさんをもう一人になんてしませせん。寂しい想いさせませんから！」

乳房に両手をかぶせたまま、真剣な誓いを立てる健作に、蕩けた表情のみわが顔を近づけた。その頬に、ちゅっと口づけをくれたのだ。

「うふふ。ありがとう……。ご褒美に、健作くんにみわのおっぱいを見せてあげる」

はにかむような笑みを見せ、未亡人は自らキャミソールを脱ぎ、さらには細腕を後ろに回して、ブラホックを外した。

「言っておくけど、わたしのおっぱい、みっともないわよ。大き過ぎるし、若い子みたいにハリもないし……」

華奢な両肩からブラ紐を抜き取る間も、交差させた掌でブラカップを押えているため、未だ肝心の膨らみは全容を現さない。けれど、その分、深い谷間ができ上がっていて悩ましいことこの上ない。

乳肌は、他の素肌同様に透明度が高く、内面から光り輝くよう。その凄まじい艶めかしさに、健作はあんぐりと口を開けたまま、呼吸すら忘れていた。

（ついに、みわさんのおっぱいが……。ああ、早く、もう焦らさないで!!）

目を皿のようにして見つめている健作の望みは、突然叶えられた。

恥じらいをふり払いようやく決心をつけた掌が、ゆっくりとその場を離れたのだ。

「ああっ……」

まろやかな曲線に形作られた半球が、零れるように露わとなった。

大きな膨らみは、重力に抗いきれず、水風船のように下方に垂れる。左右にも流れてから、おわん型に落ち着いた。

「は、恥ずかしいっ……」

大胆に胸乳を晒しても、やはりみわは清楚で貞淑な未亡人だ。

「ああ、健作くんの視線が痛いわ……」

恥らいつつも、みわは胸元を隠すことなく、健作の視姦を許してくれる。

象牙色の乳肌は、その下の静脈が透《す》け、青みがかっても見える。堂々としていて、誇らしげでもあるのだ。

ぷっくりとまるい乳輪は桜色に染まり、その頂点にはワイルドベリーのような乳首が、ここに触ってと自己主張するように実っていた。

「恥ずかしいことなんてありません。みわさん、最高にきれいです」

ほうと深い溜息をつきながら、健作は賞賛の言葉を吐いた。瞬《まばた》きする瞬間すらもったいなく、ひたすら神聖なまでに美しい頂を眺める。

なぜみわが、この乳房にコンプレックスめいたものを抱いているのかがまるで理解できなかった。

6

「さ、触ってもいいですよね？」

ざらついた声をようやく絞り出し、健作はおそるおそる手を伸ばした。

こくりとみわが小さく頷いたときには、もう掌は乳肌に触れていた。

「うはあっ！　やわらかあい!!」

すっとん狂な感嘆の声に、細い頤が左右に振られる。瞼までピンクに染めて、未亡人は恥じらうのだ。

「みわさん、やばすぎです！　すべすべしっとりが俺の手に吸い付いてきますよぉ!!」

緊張の面持ちで、下乳のあたりからそのフォルムをゆっくりなぞる。

感情の昂ぶりを懸命に抑え、美容エステでも施すようなやさしい手つきを心がける。

「んっ……」

ひくんと愛らしい小鼻が蠢いた。

紅のルージュがあえかに開き、甘い吐息をつく。

「あうっ。上手なのね……。とってもやさしいのに鳥肌たっちゃう……」

ぶるっと女体が震えると、まるで軟体動物のように乳肌の下の熟脂肪がたゆんと揺れた。

「みわさん、いっぱい気持よくしてあげますからね」

恥じらう未亡人に心を震わせ、甘い言葉を囁いた。

脇から下乳の丸みまでの曲面を手指で覆い、高貴な果実を温める。リンパの流れを意識しながら、念波でも送るように手の温もりを膨らみに伝えるのだ。

「あぁ、何かしら……おっぱいがじんわりと……」

女体から立ち昇る甘美な匂いを肺いっぱいに吸い込み、舌を伸ばして首筋を舐め上げる。うっすらと汗ばみはじめた素肌には、官能成分が滲んでいるかのようだ。

「感じるわ。健作くんの温もり……」

乳肌が毛羽立ちはじめ、ぞわぞわと拡がっていくのが感触で知れる。

「どうしよう、覆われているだけなのに……。やさしくされているだけなのに……」

温もりが火照りへと変わるにつれ、肌も敏感になっていく。

「こうしているとおっぱいが、敏感になるでしょう？　俺の掌の中で、乳首がそそり勃ちはじめましたよ」

「いやぁっ、恥ずかしいこと言わないでっ……」

辱《はずかし》めれば辱めるほど、みわは美しさを際立たせていく。幾分マゾの傾向があることを見抜き、健作は言葉責めも加える。

「だってみわさんが、こんなに敏感体質だったなんて俺……。うわああっ、乳首エロいっ！」

掌をそっとどかせてみると、乳首が乳輪ごとぷっくらと膨らんでいた。

「いやんっ！」

よほど恥ずかしかったのだろう。みわは真っ赤にした顔を背け、ぎゅっと瞼を閉じた。

「これだけ乳首がほころんでいれば、頃合いですね」

再び双《ふた》つの膨らみを掌で覆い、デリケートな手つきで揉みはじめた。

「あうっ……」

薄い乳膚の下、熟脂肪がむにゅん、くにゅんとスライムの如く踊る。

「あ、ああん……。おっぱい感じる……。どうしたらいいの……感じすぎちゃうっ」

「大きなおっぱいは感度が鈍いなんてウソですよね。だって、みわさんのおっぱい、いやらしいくらいに感じちゃって……。これで、乳首をしごいたらどうなるんです？」

切なく呻き、むっちりとした太ももを擦り合わせるみわ。その悩ましい痴態に、目を見張りながら、乳首を狙った。

「ほらほら、このいやらしい形になった乳首、こうしてあげますね……」

下乳に手指をあてがい、その根元からツンと尖った頂点まで、すすっとなぞり上げる。指先をすぼめ最後に乳首を摘み上げた。途端に、美乳がブルンと震え、さらに尖りが増した。

「うわあ、びくんびくん派手に震えて……。ほんとうにみわさんってエロいんですね。大丈夫、もっともっと気持ちよくしてあげますから」

嬉々として健作は、朱に染まった小さな耳に蠱毒《こどく》を吹き込んだ。

「ひうん、ああ、これ以上されたら、おっぱい、おかしくなるわっ」

「おかしくなっちゃってくださいよ。みわさんが悶えまくる姿を俺ずっと夢にまで見てきたんですから。今日こそその望みを……！」

気分はサディスティックに、手つきは紳士的に、健作は乳首を弄んだ。

「ひう……っ！」

取り乱すように、頤が振られる。しかし、薄い女体は、血流を速めて大胸筋を緊張させ、乳丘をぷりぷりっと持ち上げさせた。

（うわああ、ハリが強くなった。すげえ！　乳首のポツポツがくっきりと浮き出てる）

健作は攻め方を変えようと、みわの背後へと回った。

腋《わき》の下に手をくぐらせて、前に回した手指で豊かな膨らみを鷲掴みする。

「やばいよ、みわさん。爆乳エロ過ぎっ！　揉んでる俺の手の方が蕩けそうですっ」

ぐいっと持ち上げ、マッシブな重量感を味わう。薄い肩越しに覗き込むと、巨乳ばかりが視界を覆い、彼女のお腹周りはまるで見えない。

「んあうっ！　そんなにおっぱいばかり、苛《いじ》めないでぇ……」

ぐにゅんぐにゅんと揉み潰しては、シルクのような乳肌を、親指と人差し指の股の部分を使ってしごき上げた。

肉丘に浮いた汗粒をこそぎ落とし、昂る激情を掌から熱く伝える。

「悩ましく太ももをもじもじさせて……。おっぱいのモヤモヤがおま×こにまで響くのですね？　ああ、すごく色っぽいっ！」

隠しきれない昂奮を露わに、健作は熱い言葉を注いだ。応えるように、乳肌が一層赤みを増す。

「だめよっ、そんなにおっぱいをしごいちゃっ、ああん、だめ、だめ、だめぇっ」

みわが取り乱すのは、アクメが迫っているからだろう。背後の健作にもたれさせた悩殺女体は、悩ましいまでにクナクナ揺れている。白いシーツをぎゅっと握り締め、押し寄せる悦楽を耐えていた。

「みわさん、イッちゃいそうですか？　俺におっぱいを悪戯されてイキそうなのですね？」

これだけ蕩けていれば、他の部分も触って欲しいはずだ。けれど、健作は、できるならみわをこのまま乳イキさせてみたかった。

「ああん、健作くんの意地悪ぅっ……。そうよ、みわ、イッちゃいそう。おっぱいだけで、イキそうなのぉ……」

ひたすらみわは悩殺のエロ声を上げている。健作の心臓を鷲掴みにするほどの淫らな媚が込められていた。

「じゃあ、このままイッちゃいましょう。ほら、乳首をこうしてあげますから……」

乳房の側面を掌に捉え、中指を折り曲げて、ふしだらにそそり立つ乳首を圧迫した。やわらかな肉房にワイルドベリーをめり込ませるのだ。

「ひうん、そんなに強く……。あふん、だめっ、そんなにほじっちゃダメぇっ！」

むにゅにゅと押し付けた中指を乳頭に擦り付けながら、めり込む先をほじくる。乳膚に滲んだ汗が、くちゅくちゅと淫らがましい水音をたてさせた。

「あううっ、んん……ああ、待って……乳首敏感なの……あうっ、うぅんっ!!」

太い指先で乳頭を擦り、ぐりぐりほじり続けると、カクンカクンと頤が揺れる。甘い汗汁にまみれた薄紅は、さらにくちゅんくちゅんと派手に啼いた。

「あぁっ、ふあ、あぁぁ、ほじるのだめ、乳首ほじらないでぇっ！」

膨れあがった乳頭は、指の圧力を弱めると、またすぐにせり出して、さらに嬲られることを望む。もっととねだる乳蕾を、人差し指で立て続けになぎ倒した。

「ふうんっ、あはっ、ああっ。んふぅっ、ふむぅっ、おお、はおおぉっ!!」

豊麗な女体に、激しい地震が起きた。ほとんど泣きじゃくるようにしてみわは、喜悦に呑まれた。

「おおおっ、うふううっ、あっ、ああん、健作くぅうんんっ！」

官能に身を焦がし切ないまでに身悶える未亡人。憚《はばか》ることもできない嬌声は、執拗な愛撫が効いている証拠だった。

「みわさん、エロい！　でも、もっとイケるでしょう？　久しぶりの快感をたっぷり味わってくださいね」

左の乳房に指先を食い込ませながら、右の乳首を指と指の間でこよりをよるように捩る。

「ひいいいいっ、あうあぁっ、ち、乳首っ、だめぇっ！」

左の乳首も手指に捉えると、敏感な突起を指先で転がし、指の間に挟み込んではほじき出し、押し込んだり引っ張ったりと様々に玩弄《がんろう》した。

「はあぁん、そんなに引っ張らないでぇ、あ、ああん、ほじるのもだめぇ……。あはぁっ、ゆ、指が乳首に食い込んでるぅっ」

健作に預けさせた肉体がベッドからずり落ちそうになるくらい、みわはじっとしていられない。

「でも、イキたいんですよね。素直になって。さあ、ド派手に乳イキしましょう！」

畳み掛けるように敏感乳首をぐりぐりと捻《ひね》りあげた。

「ふああっ！　か、感じる。感じるの健作くん。もっと、もっと、きゅーって潰してぇ！」

ついに恥じらいを捨て去ったみわが、いやらしい言葉を口にした。

「ああイクっ、みわ、乳首で恥をかく……。ああ、おっぱいイクぅぅっ」

正直になった途端、みわは妖艶さを増した。おんなを咲き誇らせ、色っぽくも切なく啼き叫ぶ。熟れきった肉体からは、官能の香りがムンと匂い立つ。

「やばいです、みわさん。コチコチに硬くなった乳首が、乳暈ごと勃起している。超いやらしいです！　なのに、ものすごくきれいだぁ」

ふつふつと湧き上がる昂奮に我を失いながら、健作は乳房を根元から強くしごいた。

「あっ、ああっ！　またイクっ、イクぅっ!!」

絶叫と共に、ガクガクガクーンとイキ悶え、汗を飛ばして仰《の》け反《ぞ》った。

「うわあぁ、す、すごい！　全身力ませて、みわさんがイキ乱れてるっ！」

びーんと張り詰めた女体から唐突に力が抜け、ふわりと健作の腕の中に戻ってくる。

息を荒げる未亡人の頤をつまみ、未だわななく唇をかすめ取った。

7

絶頂の余燼《よじん》に身を焦がすみわ。残酷なまでに実らせた裸身を汗に輝かせ、なす術もなく悦楽に身をゆだねている。

荒く上下する胸元が落ち着くまで、健作は背後から抱きかかえていた。

「まさか本当に、おっぱいでイカされちゃうなんて……」

物憂げに女体がくるりと向きを変えた。

はにかむ頬に、健作はチュッと口づけした。

「ごめんなさい。みわばかり気持ちよくなってしまって。健作くん、辛そう……」

我慢の限界を超えた一物が、みわのお腹のあたりにごつごつと当たっている。その感触を意識して、謝っているのだろう。

「いいんです。お蔭でみわさんのエロいイキ顔を見ることができました……。でも、今度は俺も一緒にイキたい！」

多少鈍い所のあるみわでも、その言葉の意味は通じたらしい。紅潮させた頬をさらに赤らめて、「うん」と頷いてくれると、健作の腕の中を離れ、その隣に身を横たえた。

「健作くん、来てっ。もう一度たっぷりとみわを可愛がって……」

翼のように両手を広げ、健作を求めてくれた。

「それには、これが邪魔ですよね……。脱がせちゃいますよっ」

健作は、未だ細腰にすがりつくパンティのゴム紐に手指を掛けて、一気にずり降ろした。

「んんっ……」

むっちりとした太ももが、それがおんなの嗜みとばかりに、すっと閉じられる。

美貌が羞恥に耐え切れず、あらぬ方向に向けられる。

「みわさんは、恥ずかしがり屋さんですね。でも、そんな奥ゆかしさも素敵です」

奪い取った薄布をベッドサイドに放り投げ、健作は横たわる女体ににじり寄った。

「みわさん……」

ふるふると揺れ動く膨らみに唇を寄せ、頂の乳蕾をぷっくらと丸い乳輪ごと含んだ。

「あふぅ……っ！」

そそり勃つ乳首を、レロレロと舌先で転がし、舐め倒した。

他方の乳房を揉みしだきながら、体の位置をずらし、しなやかな両脚の間に割り込む。

閉じられていた両脚が自然と開き、健作の自由を確保してくれる。

途端に、ヨーグルトにはちみつを溶かしたような甘酸っぱい淫香が、鼻腔にまで届いた。

「ほら、みわさんのエッチな匂いに、ち×ぽがこんなに反応してる……」

すべやかな手指を捕まえ、いきり勃つ分身へと導いた。

ガラス細工のような手指は、勃起の灼熱に、弾かれたように逃げ出す。けれど、またすぐに舞い戻り、やさしく握り締めてくれた。

「うぐふっ……ああ、俺のち×ぽをみわさんが触っている。お花を扱うきれいな手指が、俺のち×ぽを……」

昂ぶる声に感化されたのか、みわの手指はおずおずとしたものから、積極的な擦り付けへと変化した。

「ああ、みわさんの手、なんて気持ちよいんだ！」

滑らかな手指の感触を味わいつつ、健作も負けじと未亡人の女陰へと指先を運んだ。牝孔を飾る花びらを捉え、親指と人差し指でやさしく圧迫する。

「んんっ……あ、ああ……」

アクメの余韻が色濃く残る女陰は、ひどく敏感で、軽く指先が触れただけでもビクンと派手に反応を起こす。

花びらの表面を指の腹に擦り付け、乳首を甘噛みすると、艶腰が大きく跳ねた。

「はうんっ……あはぁ……だ、ダメよ、健作くん、みわ、いつも以上に敏感になっている……ああ、だから……」

官能味をそこはかとなく漂わせた朱唇が、悩ましくわななないた。

「だ、だから、お願い……焦らさずに、挿入《い》れてぇ……」

手首のスナップを利かせ、肉柱を軽快にスライドさせながら、未亡人が切ないおねだりをした。

「うん。じゃあ、みわさんっ！」

とっくに、我慢の限界を超えている健作は、感激の面持ちで頷くと、腕の力で上体を持ち上げた。

痛いくらいに屹立した肉棒を、充血した淫裂に突き立てる。手淫を中断したマニキュア煌《きら》めく細指が、そのまま自らの膣孔に導いてくれる。

「ああ、熱くて、太いおち×ちんが、みわのおま×こに……」

まるで健作のエッチな妄想が具現化したかのようなみわの変わりよう。清楚で気品あふれる未亡人と、目の前であられもなくおんなを咲き誇らせている彼女と、その両方を矛盾なく露わにしている。それもまるで、健作に魅せつけるかの如くに。

「み、みわさ～ん」

熱い血潮を滾らせ、一ミリ一ミリ胎内に勃起をめり込ませる。

しばらく使っていなかったみわの道具は、狭隘《きょうあい》ではあったけれど、そこにも熟れが及んでいるのは間違いなかった。うねうねと複雑にうねくり、触手のような濡れ襞が、切っ先といい肉幹といいたまらなくくすぐってくるのだ。

歯を食いしばり、腰を押し出すたび、ぬかるんだ蜜壺に擦れ、たまらない快感が鋭く背筋を駆け抜けた。

「わわわわっ、み、みわさんのおま×こ、やばすぎっ！　気持ちがよすぎて、腰が抜けちゃいそうです！」

じーんじーんとさんざめく喜悦に、分身から腰までが熱く蕩け落ちそうだった。

「ああ、みわも蕩けてるわ……硬くて、太いおち×ぽ、気持ちよすぎっ！　ああ、うそ、まだ大きくなるの？　すごいっ！」

おんなを圧する逞しさに、膣肉がきゅうんと締め付けてくる。その具合のよさが、さらに健作の勃起を促すのだ。

「あんっ、すごい……おち×ぽ……みわの奥まで拡がっちゃうぅ……っ」

奥まで達した男根が、さらに膨張するのだから未亡人が味わう愉悦も相当なもののはずだ。

久しぶりの性交に歓ぶ子宮が下に降りてきて、うねくねる膣肉は絶え間なく蠕動している。その分だけ健作にも、凄まじい悦楽が及んでいる。勃起を、すぐに引き抜かねば耐え切れないほど名器だった。

「あううっ、そんなすぐに動かしてしまうの？　いま動かれたらわたしっ……」

引き抜かれる切なさに、みわが悩ましく啼いた。眉間に深く皺を刻み、白い頤をぐぐっと晒している。

「だって、みわさんのおま×こ、具合よすぎです！　構いませんから、いっぱいイッてください！」

たまらずに腰を使いはじめた健作に、みわも腰を浮かせて応える。適度な脂肪を載せた腹部が、艶めかしくくねり回る。

「ぐふううっ……。す、すごいっ。こんなに気持ちがいいなんて、俺……っ！」

蕩けた表情のみわの腕が背筋に絡み付き、その女陰同様にやさしく包み込んでくれる。ド迫力の乳房が、胸のあたりでやわらかく押し潰れている。下半身に擦れるお腹や太もものすべすべ肌も素晴らしい。

健作は、情動に突き動かされ、ルージュに彩られた唇を奪った。

「ふむう、あふう、むむんっ」

みわの口腔に舌を侵入させ、唇裏の粘膜や歯茎を夢中で舐め啜る。

「あふんっ、熱いキッス……ふむぅうっ……こんなに求められるの、嬉しいっ！」

鼻で息を継ぎながら、さらに朱唇を貪る。差し出された薄い舌に舌腹をべったりとくっつけ合い、舌と舌を絡ませ合う。

腰は軽く律動させ、浅い位置での抜き挿しを繰り返す。

「おうん、あはあ……むふううぅっ、あ、ああっ！」

反しの利いたエラを膣口に咬《か》ませ、Ｇスポットのあたりにひたすら擦り付ける。すると、よほど気持ちがよいと見え、美脚が健作の腰に絡み付き、さらなる抽送を促すのだ。

「ああん、ねえ、どうしよう……。こんなにはしたない真似……あううっ、だけど、気持ちよいの、はしたない腰付きやめられない……」

啼き乱れるみわを、健作はきつく抱き締めた。背中に回された未亡人の腕にも力が籠もる。互いをきつく抱き締め合い、性器同士を擦り合わせる。どちらかが一方的に快楽を貪るのではなく、互いに悦楽を共有するのだ。

「みわさんが愛おしい……。愛するって、こういう気持ちなんですね……」

耳元で甘く囁くと、女体がジューンと濡れを増し、ガクガクッと痙攣した。トロトロに蕩けきった心が、絶頂を呼んだらしい。

「ふあああっ……こ、腰が痺れて、お尻が震えちゃう……熔ける……ああ、熔けちゃう」

わなわなと女体を震わせ、みわがアクメを極める。強烈な歓びに、艶めいた首筋に美しい筋が浮いた。

健作とて深い悦びは同じだ。ぐりぐりと肉塊を擦り付けながらも、際どく射精を免《まぬが》れていることが、我ながら不思議でならない。

「みわさん……もう、俺、たまらないよぉっ！」

やるせない衝動が込み上げ、健作の堰を切った。

艶めく太ももを両脇に抱え、思い切り恥骨を擦り付けた。根元までの結合を味わいながら、膣奥に擦り付ける悦び。

「ああ、健作くぅん……みわ、またイッてしまいそう……お願い、今度は、一緒にっ！」

膣奥を蹂躙する若牡を、未亡人は言葉で崩壊を促してくる。艶腰をくいっ、くいっと卑猥に揺らめかせ、牝の本性を覗かせている。

「うん。みわさんの膣中にいっぱい射精《だ》しますねっ！」

攪拌された蜜液が勃起の根元に、白い輪を作っている。猥雑な光景にも誘われ、健作はさらに腰使いを荒げた。

「あぁ、あ、んぁ、い、いいっ、激しいのが気持ちいいっ……」

シーツの上に散り乱れる自らの髪を握りしめ、美貌をくしゃくしゃによがり崩すみわ。その表情を陶然と見つめながら健作は、腰をぐいっと突き出して深挿しに深挿しを重ねる。

「いっ……んんっ……あうっ……はあぁ……ダメっ、ああ、おま×こ、熱ぅい！」

よがりまくる未亡人の淫蕩な嬌態に見惚れながら、高速の抽送にシフトチェンジした。

「はぁあぁ……あん、あん、あん……はああぁ……ああ、イクぅうっ!! んふぅっ……んあああぁああ……」

ぶるぶるぶるっと女体がわなないたかと思うと、白い背筋がエビ反った。

「イッて……ああ、健作くんも一緒にぃいいいいいっ」

射精を求め、膣肉がむぎゅぎゅっと締め付けてくる。あられもなくおんなが受胎を求める反応だ。大きな瞳をカッと見開き、頤をくんっと天に反らしている。極まったイキ顔は、どこまでも官能的で美しい。

「うおおっ、射精《だ》します。みわさんのおま×こに！ み、みわぁあぁっ！」

悦びの瞬間を迎え、雄叫びを上げた。

がばっと豊麗な女体に、上半身も覆いかぶせ、力いっぱいみわを抱き締めた。極上の抱き心地に、堪え続けたトリガーを引き絞る。

どぷっ、ぶびゅっ、どびゅびゅびゅびゅっ――。

艶尻をしっかりと抱きかかえ、子宮めがけて子種を飛ばす。

凄まじいばかりの喜悦を、頭の中を真っ白にして味わい尽くす。

「あふぅっ、あうぅっ、あ、ああぁっ！」

ぶちまけた精子が、みわをまたもエクスタシーへと導いたようだ。発情色に染まった肉体に、エンストのような絶頂痙攣が起きている。久しぶりに多量の精子を子宮に浴び、陶然と啼きむせぶのだった。

種付けを終えた後も健作は名残を惜しむように、うっとりと乳房をまさぐっていた。みわは、ぐったりと女体をベッドに沈め、未だ裸身のあちこちをびくびくっと痙攣させている。

心を結び、悦びも分かち合えたことに、健作は満ち足りた。

終章

1

（あわわ、みわさん、そんなに腰を振っちゃあ、俺、射精《だ》しちゃうよぉ！）

健作は、夢精寸前の甘い痺れで目が覚めた。

けれど、目覚めてもやるせなさが収まるどころか、さらに切迫感を増していく。それが夢ではないと、さほど重いとも感じないみわの体重で気が付いた。

仰向けに寝ていた健作に未亡人が跨り、瞼を閉じて、ゆったりとしたリズムで細腰を揺らめかせているのだ。

「んんっ……あんんっ……はむんっ……はふぅっ……」

カーテンの引かれた部屋は、まだ薄暗い。

普段であれば、春眠にまどろんでいるはずが、みわの悩ましい吐息に触発され、健作の脳はすぐにフル活動を始めた。

「は……んふっ……あ、あぁ……」

カチンコチンに朝勃ちした肉塊を根元まで咥え込み、騎乗位でこらえきれない官能の極みにみわは溺れている。

ホテルに引き続き彼女の部屋に招かれ、昨夜ほぼ一晩中味わい続けた女陰だったが、起き抜けだとまた違う感じがして新鮮だ。

「んっ……はうっ……あん……んくっ……」

いつの間に着替えたのか、彼女は身体にぴったりとしたカットソーを着ている。こうして仰ぎ見ると乳房の盛り上がりが凄くて、その表情は半分ほどが隠されていた。

「みわさん、おはよう」

「あん……健作くん、お、おはよう……」

目を閉じたまま悦びに浸っていたみわは、声をかけられ恥じ入るような表情を浮かべた。

「なんて甘い目覚ましなんでしょう。みわさんのスケベ！」

言いながら健作は、くんと腰を軽めに突き上げた。予期せぬ動きに、「あん……」と甘く喘ぎを零し、未亡人は健作を見下ろした。ゆっくりとふくよかな頬に、朱が差していく。

「だって、いつまでも起きてこないし……。ここだけは辛そうだったし……」

恥ずかしそうにそう言うみわは、すごくかわいい。ましてや、こうして交わっているときの彼女は、美肌の火照りも相まってか、とても三十路には見えない。

「ああ、みわさぁ～ん！」

心を蕩かせ、再び腰を突き上げた。

豊かな膨らみに手を伸ばし、カットソー越しにそのたまらないやわらかさも堪能する。

「あん、健作くぅん」

みわの女体が、そのほとんどが性感帯と思えるほど敏感であることを健作は知っている。

眠らされていた肉体は、知らず知らずのうちに熟成を遂《と》げ、強く激しく渇ききっていたのだろう。そこを性欲盛りの健作に責められたのだから、美しくも淫らに狂い咲くのも当然かもしれない。

「すごいよ、みわさん。エロ過ぎ!!」

「みわの身体、おかしくなったみたい……。だって、今まで感じたことのない疼きが身体中を苛《さいな》むの……」

悩ましい表情で、みわが自らの発情を訴える。

実際、そうなるくらいに未亡人をやりまくったのも事実だ。

昨夜だけで、何度彼女を求めたのか覚えていない。

濃厚なカルピスの原液が、泡混じりのカルピスソーダとなり、水ばかりのカルピスウォーターになっても、みわへの欲望は尽きることがなかった。

射精するにつれ健作は、長く繋がっていることができるようになり、その分みわはイキ通しだった。豊麗な女体を汗で輝かせ、シーツを歓喜の潮で濡らしたほどだ。

そして朝が来て、またこうして繋がっている。いつの間にか就《つ》いた眠りから、恐らく三時間も経っていないだろうことを重い頭が告げていた。それでも精力の有り余った若牡のシンボルが、性の悦びに再び目覚めた未亡人を引き寄せるのだ。

「朝からこんなにしあわせでいいのかしら……はぁあぁっ！」

みわが腰をくねらせるたび、健作の上でスカートがひらめき、その奥からくぐもった水音が聞こえてくる。

健作は、みわのスカートの中に手を入れた。未亡人の生臀朶《なましりたぶ》をねっとりと摩ってから、ぐにゅっと鷲掴みした。

自らも腰を浮かせ、生尻をぐぐっと根元の方へ引きつける。

ぐっさりと咥えられていた肉柱が、さらに奥深くまで埋まり、子宮口をゴリンと擦った。

「あうっ……ふ、深いっ……」

さらに腰を捏ね上げると、切っ先がごりごりと子宮口を抉る。

「ひ、響く……ああん、奥に擦れてるぅ……」

白い喉元を晒し、天を見上げるみわ。全身を悩ましくわななかせ、悦楽のシャワーを浴びている。

「みわさんのおま×こ、最高だぁ……」

ぬかるんだ畔道《あぜみち》は、すっかり健作を覚え込み、牡牝のプラグが差された瞬間に性神経同士も直結してしまう。

憧れの未亡人は、紛《まご》うことなく健作のおんななのだ。

「あうん、いいの……ああ、健作くん……素敵ぃ……」

カーテンの隙間から差し込む朝の光を浴び、愛の行為にいそしむみわは、夜とは違った美しさを見せている。清らかな光のベールを纏い、神々《こうごう》しくも愛らしく、慈愛を振りまく女神《めがみ》そのものだ。

「すごいです、みわさんのおま×こ。交わるたびに具合がよくなっていきます……。ぬめぬめぐずぐずでち×ぽが溺れてしまいそうです」

健作の多量の精液を浴びた女性器は、晩成だった官能をほころばせ、一気に大輪の花を咲かせたようだ。

「ああん、健作くんの意地悪ぅ……。みわを苛《いじ》めて愉しんでいるのね……」

困ったような、けれどどことなく嬉しがっているような表情で、健作を受け入れている。もはやみわは、健作のペニスなしではいられない身体になっているのかもしれない。

「へへへ、いやらしいみわさんも、恥ずかしがり屋のみわさんも、どっちも大好きです！」

健作は、喜悦に頬を輝かせるみわに見惚れながら小刻みに突き上げた。カットソーの中に手指をくぐらせ、巨大な乳房を揉みしだく。想像通りみわは、ノーブラだった。ツンとしこった乳首が、ぴったりとした着衣に浮き出ていたためそれと知れたのだ。

「あふんっ……あ、ああん！」

官能味たっぷりの悩ましい表情で、みわが喘いだ。

硬くした乳首を指の間に擦ってやると、細腰の揺らめきが本格的に快感を追うものに変化した。

男をその気にさせる未亡人の腰つきに、健作もひどく感じてきた。猛烈に射精衝動が膨らんでくる。肉襞がねっとりと勃起に絡み付き、鮮烈な甘さを伝えている。どうやら我慢の限界がきたらしい。

「うおっ……。み、みわさん、このまま射精《だ》していいですか？　朝っぱらからの膣出しなんて、最高の贅沢を味わいたいです！」

細腰を両手で支え、健作も本気の突き上げを食らわせる。

「あぁ、みわも欲しいっ！　みわの奥に注ぎ込んで……っ」

健作の首筋にむしゃぶりつき、未亡人が歓喜の歌を謳い上げる。艶尻がますます激しく、貪婪《どんらん》に打ち振られる。

「おっぱい、みわさんのおっぱいも欲しいっ！」

求めるとみわは、自らのカットソーをたくし上げ、まるで授乳させるように健作の口に乳首を含ませてくれた。

「おいしいっ、みわさんのおっぱい、おいしいよう！」

快哉《かいさい》を叫びながら、ブリッジをするように腰を繰り出す。たまらずにみわは、数回イッた。ぐしょぐしょに健作の茂みを濡らす多量の蜜液がその証拠だ。

「うおおおっ、いいおま×こだっ！　射精《だ》すよ、みわさ〜んんんんんっ！」

ごんと強烈に突き上げ、引き絞った菊座を解放した。

尿道を遡《さかのぼ》る精液が、どどどっと音を立てるのを聞いた気がする。

「つくうう、あううう〜〜っ！」

灼熱の精子を浴びて、みわも最高潮に達した。美しい太ももに、ビクビクと痙攣が起きている。

「みわさんのイキま×こすごいっ！　膣中まで痙攣しているよ！」

朝からすっきりさせてもらう充実感。尽きぬ欲望で、未亡人のヴァギナを焼き尽くす悦び。牡の本能がたっぷりと満たされた。

2

「今夜、みわさんの家に集まることになったから、健作も八時にね……。ああ、まなみさんにも声をかけておいたからね」

午前中に瑠璃子からの電話でそう告げられ、健作はその日をほぼ恐慌をきたした中で終えた。

それと言うのも、みわのところから朝帰りとなったところを、市場から戻ってきた梨乃とばったりぶつかり、さらには朝の散歩をしていた瑠璃子にまで見付かったからだ。

さらに、店を開けようと出てきたみわも加わった日には、健作は気を失いそうになった。

「みわさん、おはようございます」

「あら、瑠璃ちゃん、梨乃さんまで……。おはようございます」

言い訳のしようもなく立ち尽くす健作をよそに、意外にもおだやかなあいさつが交わされた。

しかも、健作そっちのけで、何やら打ち合わせを始める彼女たちなのだ。

「もう、健作くん、何をぼーっと突っ立っているの？　午前中は学校なんじゃないの？」

ついに邪魔者扱いされて、何がなんだかわからないまま一旦《いったん》祖父の店に引き取った。

学校に行く気にもなれずにいた健作に、件《くだん》の電話がかかり、悶々とするうちにようやく約束の時間となった。

正直、彼女たちが何を話しあったのか知りたい気持ちと、あまりにも恐ろしく、このまま時間が止まって欲しいような気持ちとで複雑だった。

だから、みわの家を訪ね、そこに集《つど》う四人の女性たちの姿を認めたとき、健作は心からホッとして、泣きそうになっていた。

なぜなら彼女たちは、色とりどりの下着姿で健作を迎えてくれたのだ。仲よく下着姿でいるということは、つまりは健作にとってよい方向でなんらかの話がまとまったに違いない。

「ようこそ健作くん。あなたのハーレムへ……」

彼女たちは、居間の床に膝立ちをして両手を大きく広げ、健作を歓迎してくれた。

乙女のようなピンクに身を包んでいるのは瑠璃子。梨乃は三十路おんなの色香を強調するように黒。扇情的な赤い下着をゴージャスボディに決めるまなみ。そして清楚な白い下着姿のみわ。

四人それぞれの個性を表現したような大胆なランジェリー。もちろん、そこから伸びやかに伸びた肢体や艶やかな胸元は、どこに目をやっても眩しすぎるくらいまぶしい。

「でも、どうして……？」

楽天的な健作でさえ、そう尋ねてしまうほど話が上手すぎた。

「みんなが同じ気持ちだったから……」

そう口を開いたのは、年長者のみわだった。

「みんなで代わる代わるに、健作くんのお世話をすることに決めたの」

「以前からね、商店街でも健ちゃんが、いつご両親のもとに帰ってしまうか話題になっているのね。で、なんとかつなぎとめられないかって……」

口を継いだ瑠璃子のその話なら、みわからも聞いている。

「それには、少しでも健作くんに居心地よくしてあげなくちゃってことになって。商店街の婦人部で、健作くんのお世話をしようって……」

瑠璃子の後を、梨乃とまなみが引き取った。

「婦人部でする健作くんのお世話は、もちろん日常生活のことだけど、それとは別に、私たちがって……」

つまり、それとは別の部分が、彼女たちが下着姿でいる理由に他ならない。

「健ちゃんのことを取り合いしても、商店街のためにはならないでしょう？」

小高い頬をうっすらと赤く染め瑠璃子が言った。

「みわさんへの想いは、みんなも知っているけれど、こうなった以上、責任は取ってよね」

「健作くんは、まだ若いから……。将来もあることだし……。だから、まだ何も決めなくていいの。わたしたちというおんなに磨かれて、もっと素敵な男性になってくれれば、それでいいのよ」

みわが勇気付けるように言ってくれた。隣でまなみも頷いてくれている。

同じようなことを早苗からも告げられたことを思い出し、感謝の気持ちで一杯になった。

「でも、セックスのお世話は、私たちだけ。そっちの方はこれ以上人数を増やしちゃだめよ」

梨乃にくぎを刺されるまでもなく、健作は心に決めた。ここに集う女神たちを目いっぱい愛そうと。彼女たちが与えてくれる愛情の分も、竜神商店街に力を注ごうとも。お蔭さまで商店街には徐々に客足が増え、状況も好転しはじめている。

「そんなことができないように、これからは私たちがしっかり搾り取ってあげるわ」

艶治にまなみが笑った。整った美貌がのたまわるセリフだけに、ちょっぴり怖い。

「それで、俺、どんなふうにお世話してもらえるのですか？」

健作は、わざといやらしい目をしておどけた。

「ああっ！　健ちゃん早くもおだってるぅ」

口を尖らせつつも、瑠璃子の手が健作のズボンの前へと伸びてきた。

こぞってまなみと梨乃も参加する。

「でも、みんなとでだなんて、こんなふしだらなこと、今回だけよ」

貞操観念の強いみわが呆れ顔をしながらも、それでも健作の足元に跪いた。

甲斐甲斐しい八本の手が、あっという間に健作を丸裸に剝いた。

「ああ、やっぱり健作のおち×ぽ、大きいっ……」

まるで子供を寝かしつけるように、やさしく健作をその場に横たえさせる美女たち。

四つん這いになったまなみが、右サイドから亀頭を覆う薄皮を唇に挟み込む。左サイドからは、梨乃が同様に挟み、ゆっくりと包皮を剝きに掛かる。

「健作くんの逞しいおち×ちんを、こうしてあげるぅっ！」

甘ったれたような梨乃の艶声。太い肉幹をまなみと両サイドからサンドイッチにするように、生温かくてやわらかい唇がずずずっとスライドするのだ。

「うおっ！」

込み上げる刺激に目を白黒させる健作。股間に陣取った瑠璃子は、皺袋に口を寄せ、丁寧に睾丸を舐めてくれた。

「みわさんのおっぱいを吸わせてください」

あぶれた形のみわを呼んで、乳肌に埋もれることを望んだ。

「みわのだらしないおっぱい、みんなにも見られてしまうのね。恥ずかしいわ……」

伏し目がちに恥じらいながらも、みわは自らの背筋に手を回し、ブラホックを外す。たわわな乳房を露わにして、躊躇《ためら》いがちににじり寄ると、早くも硬くさせた乳首を健作の頭の方から捧げ、口に含ませてくれる。

「あううっ、健作くん、そんなに強く吸わないでぇ……」

思い切り吸い付けると、豊満な乳房が健作の顔に押し付けられた。

ずっしり重い膨らみに顔中を覆い尽くされ、息苦しいまでのしあわせを味わう。

「ああっ、健作くんのエッチぃ。みわさんのおっぱいに反応して、おち×ぽもっと硬くさせた」

カワイイ悋気《りんき》を露わにさせて、まなみが肉柱に唇を這わせる。切っ先には、梨乃が食らいついている。

「ふむむむっ。ぷはああ……。みわさんのおっぱいに溺れながらち×ぽ吸われるのって、最高だぁ。王様になった気分……」

逞しく勃起を跳ね上げ、健作はご満悦だ。迸る欲情を、みわの乳房を手指で揉み上げ、乳首を甘噛みすることで紛らわした。

「はふぅ……あうっ……ふむぅ……」

同性の美女たちに喘ぎ声を聞かれるのが恥ずかしいのか、みわは小鼻を膨らませながら健作の胸元に吸い付いてくる。

ぢゅぽっ、ぢゅちゅう……レロレロレロ……ぢゅぶちゅぅ——。

股間で卑猥な水音を奏でるのは瑠璃子。繭のような睾丸を皺袋ごと頬張り、その裏筋まで舐めてくれている。

「わわわっ、タマタマが吸われてるぅ……。うおっ、裏筋まで、気持ち良いっ！」

瑠璃子を褒める健作に、またしてもまなみと梨乃が嫉妬したのか、肉幹に沿って舌が這い回った。

3

「ううっ……健作くんの顔の上にお尻を載せるなんて、こんないけないこと……」

慎み深い未亡人は、ひどく躊躇いながら健作の顔に、べったりとお尻を載せた。

健作は口を受け口にして、みわの秘部が口腔にあたるように首を微調整させた。

もちろん、白い下着は脱がせている。

　人一倍恥ずかしがり屋のみわだから、女性器を露わにしての顔騎乗など顔から火が出る想いだろう。

「うぶぶぶ……。みわさんのおま×こ、美味しいですっ！」

　くぐもった快哉を上げる健作。横たえたまま、左右の手指では、しゃがみ込んだ姿勢の瑠璃子と梨乃の女陰を弄んでいる。

「こ、こんなはしたない真似……ああん、だめぇ……おま×こに舌がぁ……」

　堅く窄めた舌を突き立て、みわの浅い部分を舐めまくる。塩辛くも甘くも感じる蜜液が、だらだらと口腔内に満ちている。

「んふぅっ……。ああ、健作くんのおち×ぽ、やっぱり太くて、硬ぁ～～ぃ」

　健作の腰部には、まなみが跨っている。こちらは、勃起肉をぶっさりとヴァギナで咥え、ずりずりとひき臼《うす》のような腰使いをはじめていた。

「みわさん、すっごく気持ちよさそう……」

　舌触りに集中してしまい、ついつい手指がお留守になるのを、瑠璃子がもどかしく感じたのだろう。悋気を露わに、みわの乳房へと手指を伸ばした。

「あ、ダメっ！　瑠璃ちゃん、おっぱい触っちゃいやぁ……」

同性の手指を厭《いと》うみわ。けれど、もう片側からは梨乃の手指も伸びてきて、迫力の膨らみが揉み潰された。

「はうううっ、ああ、うそっ！　梨乃さんまでぇ……」

瑠璃子や梨乃の掌では、到底覆いきれない乳房が、それぞれ異なるリズムで形を潰されている。

「みわさんのおっぱい、ほんとうにすごいのですね。私も大きい方だと思っていたけど、やっぱり負けてます。それに、何、このやわらかさ……」

嫉妬交じりの手つきだけに、ぐにゅんぐにゅんと容赦がない。しかも、同性故に性感を知り尽くした責めだけに、みわは他愛もなく悶えはじめている。

「梨乃さんも、みわさんもいいなあ……。おっぱい大きくて……。こんなに触り心地が良いのなら、男の人が夢中になるのも当然よね」

瑠璃子のしなやかな指使いが、硬くしこった乳首を二度三度となぎ倒した。

「あぅっ！　ふむんっ……あ、あぁ……ダメぇっ、おっぱいも、おま×こも敏感すぎて……あ、あぁんっ」

べろんべろん秘部を舐めしゃぶり、みわの艶声に背筋をゾクゾクさせている。下半身からは、まなみのぬかるんだ肉襞がたまらない愉悦を掻き立てる。

思わず、射精してしまいそうになるくらい強く擦られて、健作は両手を握り締めるようにして女陰を掻き毟った。

「んふぅ……ああ、そんなにおま×こ擦らないでぇ、梨乃、感じちゃうぅ……っ」

「ああんっ！　瑠璃子も気持ちいいっ……もっと、擦ってぇ……」

挿入させている手指を二本ずつに増やし、グラインドさせるように抉る。

首を持ち上げ鼻先を恥毛に擦り付け、ヴァギナを舐めしゃぶる。

揺れる腰付きにあわせお尻を持ち上げ、分身で深挿しに貫く。

自分自身が性器そのものになったつもりで、健作は全ての技量を駆使した。

四人まとめて、否、自らも含め五人一緒に絶頂を迎えたいと望んでいる。

「あはぁっ、ああ、すごい、すごい、まなみイキそうぅっ！」

初めに兆したのは、神輿のように下から突き上げられているまなみだった。

「いぁっ……あうっ……はぁん……ダメっ、ああ、みわも恥を掻いてしまいそうっ！」

左右から乳房を弄ばれ、女陰を舐め回されている未亡人がそれに続く。

「うぷぷぷっ……イクのならみんな一緒に……お、俺も、もう少しだから！」

言いながら、やや遅れを取っている感じの瑠璃子と梨乃をさらに激しく抉る。

両腕に振動を加え、手指を細かく蠢かせ、さらには手首のスナップも利かせる。

梨乃のお尻が自らも悦楽を貪るように、縦揺れに揺れた。

「もっと……もっと激しく抉ってぇ……あそこよ、梨乃、奥の方が感じるのぉ……」

瑠璃子の美尻は、自らの一番気持ちいい部分にあたるように微調整してから、左右に小刻みに揺れはじめる。

「待って、もう少しっ……気持ちいい部分にあたっているから……あ、あ、あぁん！」

じゅるじゅるじゅるっとみわのマン汁を吸い込み、すんでにまで追い込んだ。

「ああ、ダメですぅ……我慢できなくなっちゃうぅっ……早く、ねえ梨乃さぁん」

びちゃびちゃに蜜液を吹き零し、みわが啼いた。

「お願いっ！　瑠璃ちゃんも早くして……このままじゃまなみも切ないぃ〜〜っ！」

極度の興奮に健作も見境がなくなり、夢中で腰をずり動かしている。フライパンを返すような腰つきで、ナイスボディのまなみを串刺しにしては、宙に浮かせして、自らの官能を追うのだ。

「ぶっふうう……うぶぶぶっ！　もうダメだっ。まなみさん、射精《だ》すよっ」

全てをリズミカルに蠢かせ続けるのも限界だった。それでも、彼女たち自身も必死で呼吸を合わせようと擦り付けてくれている。

「いいよ、健作ぅ……瑠璃も、もうイクぅっ！」

「梨乃も、もう限界っ！　大きいのが来ちゃうっ！」

梨乃の艶声が、全ての引き金となった。

「ぐふううううっ、みんな、イクよぉっ！　イクぅ〜〜っ！」

みわの媚肉にくぐもった声ごと擦り付け、健作は射精態勢に入った。

腰をぐんと突き上げ、根元までまなみに咥え込ませたまま、全身を力みかえらせる。

ズドドドドッと込み上げる射精感。続いて凄まじい快感が背筋を駆け抜ける。

尿道を遡る精子は、肉傘を極限にまで膨らませ、どっとまなみの子宮口へと付着した。

「きゃううううっ！」

膣肉にじゅわわわと拡がる精液の熱さに、おんなの本能を刺激されたまなみが、悩ましくイキ恥を晒した。

「はぁあぁん……イクぅうっ!!　みわも、イキますぅ〜〜っ。んふぅっ、あぁああ……」

まなみに感化されたのか、ほとんど同時にみわもアクメを極めた。

「瑠璃子もイってるぅっ！　ああ、いいっ！　イクの気持ちいい〜っ！」

最後はやはり梨乃だった。射精に力みまくる健作に、膣襞を握りつぶされるようにして、絶頂を迎えた。

「ああ、うれしい。梨乃もイクっ！　あ、ああ健作くぅん。梨乃イクぅっ！」

肉感的な女体をぶるぶるぶるっと派手に震わせ、梨乃もアクメを彷徨《さまよ》った。その美貌には、乗り遅れずに済んだ安堵の表情も刻まれている。

みわの乳房には、梨乃と瑠璃子がすがりつき、三人共に頤を天に晒している。健作の位置からは見えないが、繊細な眉根を寄せ、官能美溢れる唇をわななかせているに違いない。

腰に跨ったままのまなみは、両掌を健作のお腹について、軽い体重を支えている。ヴァギナが艶めかしく蠢いているように感じられるのは、イキ恥に全身を痙攣させているからだろうか。

健作は、緩んだ肛門を二度三度と締め直し、尿道に残された白濁を一滴残らずまき散らした。

放出した補給に、口腔に溜まったみわの牝汁を喉奥へと流し込む。それは極上の媚薬でもあるから、すぐに精力となり、今度は瑠璃子か梨乃に種付けする元となるだろう。

「健ちゃん、今度は瑠璃に欲しいっ！」

「ああん、だめよ、梨乃に頂戴っ！」

おんなのしあわせに頬をツヤツヤさせているにもかかわらず、早くも取り合いがはじまった。

「ほらほら、あわてなくても、ほらっ！」

まなみから抜け落ちたペニスは、牡牝の汁に黒光りしながら、なおも天を衝《つ》いている。

夢のハーレムに、刺激が強すぎたのか、萎《な》えることを知らないのだ。

（これも竜神様の御利益かなあ……。そうか、竜宮城ってこんなところかも……）

健作は、射精の瞬間、巨大な竜が五人を天に導いてくれているような感覚を抱いていた。

（だとすると、もうここからは逃げられないな。老人にはなりたくないし……）

健作は、元気いっぱいの自らの亀を眺め苦笑した。

「じゃあ、次は、梨乃さんのおま×こに種付けしちゃおうかなぁ……」

言うが早いか起き上がった健作は、梨乃を裏返しにして、背後から勃起を突き立てた。

「ああん、梨乃さん、ずるいっ！　健ちゃん、私もぉ……」

梨乃の隣で四つん這いになった瑠璃子の女陰には、手指を忍び込ませる。

「はううっ、ま、また指なのぉ？」

不満を漏らしながらも、瑠璃子はお尻を振って健作の手助けをする。

「ほら、まなみさんも梨乃さんの横に、みわさんはキスしよう！」

健作に望まれるまま、二人の熟女は従ってくれた。

女性器の微妙な違いに悦《えつ》に入りながら、くんずほぐれつ、入れ代わり立ち代わり五人の男女は乱交を繰り返す。

「わたし、健作くんの子供を産んじゃおうかしら……」

まなみが理知的な瞳を潤ませながらつぶやいた。

「ずるい！　私も健ちゃんの赤ちゃんが欲しいっ！」

「うふふ。健作くん、これからも私たちをよろしくね」

めくるめく官能に喜悦の表情を浮かべる美女たち。健作は爛《ただ》れたしあわせを噛みしめていた。


（了）

※本書は2014年1月に小社より刊行された
『艶めき商店街』を一部修正した新装版です。

長編官能小説
艶《つや》めき商店街《しょうてんがい》〈新装版〉

2020年8月12日初版第一刷発行
著者……………………………………………北條拓人

デザイン………………………………………小林厚二

発行人…………………………………………後藤明信
発行所……………………………………株式会社竹書房
〒102-0072 東京都千代田区飯田橋2－7－3
電 話：03-3264-1576（代表）
03-3234-6301（編集）
竹書房ホームページ http://www.takeshobo.co.jp
印刷所……………………………中央精版印刷株式会社

定価はカバーに表示してあります。
乱丁・落丁の場合は当社までお問い合わせ下さい。
ISBN978-4-8019-2372-0 C0193

好評既刊

長編官能小説〈新装版〉

欲情ハーレム病棟

桜井真琴　著

美熟の女医から清楚なナース、人妻受付嬢まで、病院内の女たちが淫らに発情！　蜜楽の入院ハーレムロマン。

680円

長編官能小説

全裸村へようこそ

河里一伸　著

青年が訪れた村は、外を歩いても宿にいても美女たちがご奉仕してくれる快楽の桃源郷…。媚肉ハーレム長編！

680円

次回刊行案内

長編官能小説　―書き下ろし―

おねだり民宿

美野晶　著

俊英が描く誘惑の田舎ハーレム！
2020年8月11日発売予定!!

山里の民宿で美女たちと淫らな引きこもり生活を…

680円